大美长江诗意浓

古今诗词精编

南京市文化和旅游局 编

南京出版传媒集团
南京出版社

图书在版编目(CIP)数据

大美长江诗意浓：古今诗词精编 / 南京市文化和旅游局编. -- 南京：南京出版社，2024. 7

ISBN 978-7-5533-4815-5

Ⅰ. ①大… Ⅱ. ①南… Ⅲ. ①诗词-作品集-中国 Ⅳ. ①I22

中国国家版本馆 CIP 数据核字(2024)第 108572 号

书　　名　大美长江诗意浓——古今诗词精编
编　　者　南京市文化和旅游局
出版发行　南京出版传媒集团
　　　　　南　京　出　版　社

社址：南京市太平门街 53 号　　邮编：210016
网址：http://www.njcbs.cn
电子信箱：njcbs1988@163.com
联系电话：025-83283893、83283864(营销)
　　　　　025-83112257(编务)

出 版 人　项晓宁
出 品 人　卢海鸣
责任编辑　孙海彦
装帧设计　朱晓军　赵海玥
责任印制　杨福彬

制　　版　南京布克文化发展有限公司
印　　刷　南京爱德印刷有限公司
开　　本　880 毫米×1230 毫米　1/32
印　　张　7.5
字　　数　137 千
版　　次　2024 年 7 月第 1 版
印　　次　2024 年 7 月第 1 次印刷
书　　号　ISBN 978-7-5533-4815-5
定　　价　56.00 元

用微信或京东 APP扫码购书

用淘宝APP 扫码购书

序

深入研究长江文化内涵，推动优秀传统文化创造性转化、创新性发展，全面推进长江文物和文化遗产系统性保护，是传承、弘扬长江文化的重要根基，是助力长江经济带高质量发展的必然选择。

十朝都会、江左名城的南京，是长江沿岸为数不多的跨江城市，其诞生和发展，直至成为今日之文化名城与联合国教科文组织认定的“世界文学之都”，其地理、人文、历史，无不得益于万里长江的涵养。因此，由南京编纂一部全面反映古今长江的诗歌集子，再恰当不过。这既是对这条世界水能第一大河、世界第三长河、亚洲第一长河的真诚致敬，又是弘扬中华优秀传统文化，深入挖掘长江文化所蕴含的时代价值和精神力量，赋予其新的时代内涵和现代表达形式，激活其生命力的深情歌咏，更是一次对长江传统诗词的内涵加以补充、拓展、完善，增强其影响力和感召力的创新之举。

滚滚长江，流芳万古。长江是中华民族的母亲河，承载着五千年中华文脉。从商周以来，直到今天，无数文人墨客为长江留下诸多瑰丽诗篇，成为中华文明灿烂的一部分。今日之中国，随着国力的强大和太平盛世的诗意生态，越来越多的人加入讴歌时代、书写大美长江的创作队伍。

中国作家协会诗歌委员会主任、著名诗人吉狄马加说：“长江流域有三大文化：巴蜀文化、楚文化、吴越文化。中国历代的重要诗人，基本上都与长江发生过密切的关系，不管是《诗经》，还是汉乐府、唐诗、宋词、元曲，一直到中国现代诗歌。很多作品被经典化之后，我们再回看长江，某种意义上，长江史就是中国的一部流动着的诗歌史，长江的诗歌史也是一部中国的诗歌史。南京作为‘世界文学之都’在面向世界进行国际文化交流时，思考如何进一步凸显长江的诗歌文化，讲好‘诗歌里的长江’文化故事是非常重要的。”

《诗刊》副主编霍俊明说：“历代文人为长江留下历久弥新的伟大诗文，如杨慎、苏轼、杜甫、李白等。《临江仙》是明代状元杨慎在人生最失意的时候写就的，在孤寂失意和挫折中，他却写出了长江的开阔，对人生对时间对宇宙和历史的咏叹，成了千古绝唱。苏轼关于长江的诗文很多，有两篇纵横古今，就是《前后赤壁赋》。唐代最伟大的双子星座李白和杜甫，他们对长江的书写站在了同一个高度。在夔州的白帝城，他们都写下了震古烁今的千古名句，李白的《早发白帝城》、杜甫的《秋兴》八首，都是长江诗歌王冠上的明珠。”

《大美长江诗意浓——古今诗词精编》收录三国至今有关长江的诗歌 198 首，分为南京篇、古诗篇、新诗篇三个部分。从地理范围上来看，涵盖上游的西藏、青海到中下游的安徽、江苏的长江全流域；从诗人的角度来说，既有李白、杜甫、苏轼等古代文学大家，又有当今的著名诗人吉狄马加、陈先发、胡弦等，也有活跃于网络的青年诗人周自横、曹韵等，还有正在读书的“00后”大学生们。本书的创新性在于不仅收录有古代诗词名篇，也收集整理了当代诗人写长江的作品，古今交融，更加全面地反映了长江的历史文化。有关南京长江主题的作品单独整理，突出了南京与长江的密切关系，诠释了“世界文学之都”南京的文学成就。

出生、成长在长江边的安徽省文联主席、著名诗人陈先发说：“世界上没有任何一条大江大河与诗歌的关系如此密切，这深刻的关系对民族文明的影响深远。书写长江的诗词，已经深深地浸润在我们的血脉之中，成为中国人内心情感体系和独特审美方式的核心部分。书写长江最好的诗词有以下几首：第一，宋代苏轼的‘大江东去’；第二，明代杨慎的‘滚滚长江东逝水’；第三，李煜的‘问君能有几多愁，恰似一江春水向东流’。事实上，长江沿岸的每一个景点，都是诗化的景点。诗人们登临这些景点的时候，他们不仅仅看到一江春水，更体会到时代的兴衰巨变、人世的悲欢离合。每一个具体的人的命运，通过这一江春水，得到了深刻抒发。”

鲁迅文学奖得主、《扬子江诗刊》主编胡弦住在南京长江岸边的幕府山南侧。他说：“长江不但是这一刻的地理存在，更是一种文化存在。我们看到的这一段的长江是短小的，但长江更是一个时间维度，是一个更广阔的地理维度。每一首诗里的长江，给我们的感觉是不一样的：《春江花月夜》是一条哲思的长江；‘我住长江头，君住长江尾’是爱情的长江；‘滚滚长江东逝水，浪花淘尽英雄’则是英雄的长江。它代表了我们文化中几乎所有的属性。文字里的长江是永生的，它永生在我们的诗词里，在我们的笑谈中。”

是啊，长江永远流动在每一颗热辣滚烫的赤子情怀里，流淌在一首首深情吟唱的表白里。绵绵用力、久久为功，我们会更加坚定、自觉、主动地推动中华优秀传统文化创造性转化和创新性发展，让长江文化展现出永久魅力和时代风采，实现继承基础上的变革创新和时代阐述。

编 者

目录

南京篇

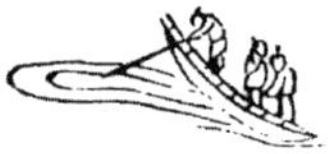

古诗篇

新诗篇

南京篇

桃叶歌

王献之

桃叶复桃叶，渡江不用楫。
但渡无所苦，我自迎接汝。

桃叶复桃叶，桃树连桃根。
相怜两乐事，独使我殷勤。

桃叶映红花，无风自婀娜。
春花映何限，感郎独采我。

△ 王献之（344—386） 东晋书画家、诗人。《桃叶歌》是乐府民歌《清商曲辞·吴声歌曲》中的一种曲调。

还都至三山望石头城

鲍照

泉源安首流，川末澄远波。
晨光被水族，晓气歇林阿。
两江皎平迥，三山郁骈罗。
南帆望越峤，北榜指齐河。
关扃绕天邑，襟带抱尊华。
长城非壑险，峻阻似荆芽。
攒楼贯白日，摛堞隐丹霞。
征夫喜观国，游子迟见家。
流连入京引，踯躅望乡歌。
弥前叹景促，逾近倦路多。
偕萃犹如兹，宏易将谓何？

△ 鲍照（约 405—466） 南朝宋文学家，与颜延之、谢灵运合称“元嘉三大家”。

晚登三山还望京邑

谢朓

灞涘望长安，河阳视京县。
白日丽飞甍，参差皆可见。
余霞散成绮，澄江静如练。
喧鸟覆春洲，杂英满芳甸。
去矣方滞淫，怀哉罢欢宴。
佳期怅何许，泪下如流霰。
有情知望乡，谁能鬒不变。

△ 谢朓（464—499） 南朝诗人，为永明体代表性诗人。

晚出新亭

阴铿

大江一浩荡，离悲足几重。

潮落犹如盖，云昏不作峰。

远戍唯闻鼓，寒山但见松。

九十方称半，归途讵有踪？

△ 阴铿（约 514—约 565） 南朝梁陈时诗人，与何逊并称“阴何”。

登金陵凤凰台

李白

凤凰台上凤凰游，凤去台空江自流。

吴宫花草埋幽径，晋代衣冠成古丘。

三山半落青天外，二水中分白鹭洲。

总为浮云能蔽日，长安不见使人愁。

△ 李白（701—762） 唐代诗人，被后人誉为“诗仙”，与杜甫并称“李杜”。

长干曲（选二）

崔颢

君家何处住？妾住在横塘。
停船暂相问，或恐是同乡。

家临九江水，来去九江侧。
同是长干人，生小不相识。

△ 崔颢（约 704—754） 唐代诗人。

金陵西泊舟临江楼

刘长卿

萧条金陵郭，旧是帝王州。
日暮望乡处，云边江树秋。
楚云不可托，楚水只堪愁。
行客千万里，沧波朝暮流。
迢迢洛阳梦，独卧清川楼。
异乡共如此，孤帆难久游。

△ 刘长卿（约718—约790） 唐代诗人，长于五言诗，有“五言长城”之誉。

长干行

李益

忆妾深闺里，烟尘不曾识。
嫁与长干人，沙头候风色。
五月南风兴，思君下巴陵。
八月西风起，想君发扬子。
去来悲如何，见少离别多。
湘潭几日到，妾梦越风波。
昨夜狂风度，吹折江头树。
渺渺暗无边，行人在何处？
好乘浮云骢，佳期兰渚东。
鸳鸯绿浦上，翡翠锦屏中。
自怜十五余，颜色桃花红。
那作商人妇，愁水复愁风。

△ 李益（约748—约828） 唐代边塞诗人。

贾客乐

张籍

金陵向西贾客多，船中生长乐风波。
欲发移船近江口，船头祭神各浇酒。
停杯共说远行期，入蜀经蛮远别离。
金多众中为上客，夜夜算缗眠独迟。
秋江初月猩猩语，孤帆夜发潇湘渚。
水工持楫防暗滩，直过山边及前侣。
年年逐利西复东，姓名不在县籍中。
农夫税多长辛苦，弃业宁为贩宝翁。

△ 张籍（约768—830） 唐代诗人，其乐府诗与王建齐名，并称“张王乐府”。

西塞山怀古

刘禹锡

王濬楼船下益州，金陵王气黯然收。
千寻铁锁沉江底，一片降幡出石头。
人世几回伤往事，山形依旧枕寒流。
从今四海为家日，故垒萧萧芦荻秋。

石头城

刘禹锡

山围故国周遭在，潮打空城寂寞回。
淮水东边旧时月，夜深还过女墙来。

△ 刘禹锡（772—842） 唐代文学家，与白居易并称“刘白”，与柳宗元并称“刘柳”。

泊秦淮

杜牧

烟笼寒水月笼沙，

夜泊秦淮近酒家。

商女不知亡国恨，

隔江犹唱后庭花。

△ 杜牧（803—852） 唐代诗人。诗与李商隐齐名，世有“小李杜”之称。

喜迁莺

冯延巳

宿莺啼，乡梦断，春树晓朦胧。残灯吹烬闭朱栊，人语隔屏风。

香已寒，灯已绝，忽忆去年离别。石城花雨倚江楼，波上木兰舟。

△ 冯延巳（约 903—960） 南唐词人。

渡中江望石城泣下

李煜

江南江北旧家乡，三十年来梦一场。
吴苑宫闱今冷落，广陵台殿已荒凉。
云笼远岫愁千片，雨打归舟泪万行。
兄弟四人三百口，不堪闲坐细思量。

虞美人

李煜

春花秋月何时了？往事知多少！小楼昨夜又东风，故国不堪回首月明中。

雕栏玉砌应犹在，只是朱颜改。问君能有几多愁？恰似一江春水向东流。

△ 李煜（937—978） 南唐最后一位国君，世称南唐后主。

早渡长芦江

梅尧臣

带月出寒浦，残星浸水渍。
帆开风色正，舟急浪花分。
雾气横江白，鸡声隔岸闻。
天晴建业近，钟岫起孤云。

△ 梅尧臣（1002—1060） 北宋诗人。与欧阳修同为北宋前期诗文革新运动领袖。

泊船瓜洲

王安石

京口瓜洲一水间，钟山只隔数重山。
春风又绿江南岸，明月何时照我还。

南乡子

王安石

自古帝王州，郁郁葱葱佳气浮。四百年来成一梦，堪愁。晋代衣冠成古丘。

绕水恣行游，上尽层城更上楼。往事悠悠君莫问，回头。槛外长江空自流。

△ 王安石（1021—1086） 北宋政治家、文学家。

渔家傲

苏轼

金陵赏心亭送王胜之龙图。王守金陵，视事一日，移南郡。

千古龙蟠并虎踞，从公一吊兴亡处。渺渺斜风吹细雨。芳草渡，江南父老留公住。

公驾风车凌彩雾，红鸾骖乘青鸾驭。却讶此洲名白鹭。非吾侣，翩然欲下还飞去。

△ 苏轼（1037—1101） 北宋文学家、书画家。与父洵、弟辙合称“三苏”，同属“唐宋八大家”。词开豪放一派，与辛弃疾合称“苏辛”。

西河·金陵怀古

周邦彦

佳丽地，南朝盛事谁记？山围故国绕清江，髻鬟对起。怒涛寂寞打孤城，风樯遥度天际。

断崖树，犹倒倚，莫愁艇子曾系。空余旧迹郁苍苍，雾沉半垒。夜深月过女墙来，伤心东望淮水。

酒旗戏鼓甚处市？想依稀，王谢邻里。燕子不知何世，入寻常巷陌人家，相对如说兴亡，斜阳里。

△ 周邦彦（1056—1121） 北宋词人。精通音律，对词乐的发展多有贡献，被誉为“词家之冠”。

相见欢

朱敦儒

金陵城上西楼，倚清秋。万里夕阳垂地，大江流。

中原乱，簪缨散，几时收？试倩悲风吹泪，过扬州。

△ 朱敦儒（1081—1159） 宋代词人。

水调歌头

周紫芝

丙午登白鹭亭作。

岁晚念行役，江阔渺风烟。六朝文物何在？回首更凄然。倚尽危楼杰观，暗想琼枝璧月，罗袜步承莲。桃叶山前鹭，无语下寒滩。

潮寂寞，浸孤垒，涨平川。莫愁艇子何处？烟树杳无边。王谢堂前双燕，空绕乌衣门巷，斜日草连天。只有台城月，千古照婵娟。

△ 周紫芝（1082—1155） 宋代词人。

登赏心亭

陆游

蜀栈秦关岁月遒，今年乘兴却东游。
全家稳下黄牛峡，半醉来寻白鹭洲。
黯黯江云瓜步雨，萧萧木叶石城秋。
孤臣老抱忧时意，欲请迁都涕已流。

△ 陆游（1125—1210） 南宋文学家、史学家。与杨万里、范成大、尤袤合称“南宋四大家”。

望金陵行阙

范成大

圣代规模跨六朝，行宫台殿压金鳌。
三山落日青鸾近，双阙清风紫凤高。
石虎蹲江蟠王气，玉鳞涌地镇神皋。
太平不用千寻锁，静听西城打夜涛。

△ 范成大（1126—1193） 南宋诗人，善写田园诗。

登凤凰台

杨万里

千年百尺凤凰台，送尽潮回凤不回。
白鹭北头江草合，乌衣西面杏花开。
龙蟠虎踞山川在，古往今来鼓角哀。
只有谪仙留句处，春风掌管拂蛛煤。

△ 杨万里（1127—1206） 南宋诗人。

水龙吟·登建康赏心亭

辛弃疾

楚天千里清秋，水随天去秋无际。遥岑远目，献愁供恨，玉簪螺髻。落日楼头，断鸿声里，江南游子。把吴钩看了，栏干拍遍，无人会，登临意。

休说鲈鱼堪脍，尽西风，季鹰归未。求田问舍，怕应羞见，刘郎才气。可惜流年，忧愁风雨，树犹如此。倩何人换取，红巾翠袖，揾英雄泪。

△ 辛弃疾（1140—1207） 南宋豪放派词人。

杏花天影

姜夔

丙午之冬，发沔口。丁未正月二日，道金陵。北望淮楚，风日清淑，小舟挂席，容与波上。

绿丝低拂鸳鸯浦。想桃叶、当时唤渡。又将愁眼与春风，待去；倚兰桡，更少驻。

金陵路、莺吟燕舞。算潮水、知人最苦。满汀芳草不成归，日暮；更移舟，向甚处？

△ 姜夔（约 1155—约 1221） 南宋词人。

己未秋登城北楼

翁泳

脚底江南第一州，台城北上小淹留。
难忘故国千年恨，不尽长江万古流。
目断中原谁击楫，秋来多雨独登楼。
举头忽见长安日，一醉能消太白愁。

△ 翁泳（生卒年不详） 南宋诗人。

沁园春

白朴

我望山形，虎踞龙盘，壮哉建康。忆黄旗紫盖，中兴东晋，雕阑玉砌，下逮南唐。步步金莲，朝朝琼树，宫殿吴时花草香。今何日，尚寺留萧姓，人做梅妆。

长江，不管兴亡，漫流尽英雄泪万行。问乌衣旧宅，谁家作主？白头老子，今日还乡。吊古愁浓，题诗人去，寂寞高楼无凤凰。斜阳外，正渔舟唱晚，一片鸣榔。

△ 白朴（1226—1306） 宋元词人、戏曲家。与关汉卿、马致远、郑光祖并称“元曲四大家”。

念奴娇·登石头城次东坡韵

萨都剌

石头城上，望天低吴楚，眼空无物。指点六朝形胜地，惟有青山如碧。蔽日旌旗，连云樯橹，白骨纷如雪。一江南北，消磨多少豪杰。

寂寞避暑离宫，东风辇路，芳草年年发。落日无人松径里，鬼火高低明灭。歌舞尊前，繁华镜里，暗换青青发。伤心千古，秦淮一片明月。

△ 萨都剌（约 1282—约 1355） 元代诗人、词人，被誉为“一代词人之冠”。

别金陵

王冕

六朝旧迹俱寻遍，千古英雄一笑休。

黄叶乱随秋雨落，长江空带楚天流。

樽前有客翻新调，白下无人说故侯。

明日西风天色好，吹箫骑鹤上扬州。

△ 王冕（1287—1359） 元代书画家、诗人。

金陵怀古

中岩圆月

人物频迁地未磨，六朝咸破有山河。

金华旧址商渔宅，玉树残声樵牧歌。

列壑云连常带雨，大江风定尚生波。

当年佳丽今何在，远客苍茫感慨多。

△　中岩圆月（1300—1375）　日本僧人、汉文学家。擅长汉诗文，是日本中世汉文学的代表人物。

雨花台

宗泐

梁朝雨花石，近在城南陌。
不见讲经人，空林淡秋色。
登高俯大江，目送千里客。
白鸟下沧波，孤帆远山碧。

△ 宗泐（1318—1391） 明初高僧，工书法，善诗文。

登金陵雨花台望大江

高启

大江来从万山中，山势尽与江流东。
钟山如龙独西上，欲破巨浪乘长风。
江山相雄不相让，形胜争夸天下壮。
秦皇空此瘗黄金，佳气葱葱至今王。
我怀郁塞何由开，酒酣走上城南台。
坐觉苍茫万古意，远自荒烟落日之中来。
石头城下涛声怒，武骑千群谁敢渡。
黄旗入洛竟何祥，铁锁横江未为固。
前三国、后六朝，草生宫阙何萧萧。
英雄来时务割据，几度战血流寒潮。
我生幸逢圣人起南国，祸乱初平事休息。
从今四海永为家，不用长江限南北。

△ 高启（1336—1374） 明代诗人。

宿龙江驿

权近

缘江石壁，新构观音殿，凿石置屋，半出空中。

地远江流阔，山围石壁长。
庵开屏障尽，樯束羽林枪。
自幸观中国，时还忆故乡。
白云横海上，满目渺苍苍。

△ 权近（1352—1409） 高丽末期朝鲜初期朱子学学者。

登阅江楼

王守仁

绝顶楼荒旧有名，高皇曾此驻龙旌。
险存道德虚天堑，守在蛮夷岂石城？
山色古今余王气，江流天地变秋声。
登临授简谁能赋，今古新亭一怆情！

△ 王守仁（1472—1528） 明代思想家、文学家。

达摩洞

焦竑

禅龛沿绿屿，石洞俯沧波。
风雨江声壮，鱼龙夜气多。
停杯今日望，飞锡向时过。
欲问西来意，疏钟度薜萝。

△ 焦竑（1540—1620） 明代学者、文学家。

宁海寺

顾起元

为国初三宝太监自西洋回所建。

一径逶迤出断云，峰悬阳景昼氤氲。
星查漫纪中涓事，月窟长标太史文。
僧磬隔林风不度，佛香沉水草能薰。
夤缘翠壁穿双屐，笑语频惊鸟雀群。

△ 顾起元（1565—1628） 明代书法家、金石学家。

燕子矶口占

史可法

来家不面母，咫尺犹千里。

矶头洒清泪，滴滴沉江底。

△ 史可法（1602—1645） 明末抗清将领。

晚出燕子矶东下

龚贤

江天忽无际，一舸在中流。
远岫已将没，夕阳犹未收。
自怜为客久，转觉到家愁。
别酒初醒处，苍烟下白鸥。

△ 龚贤（1618—1689） 明末清初诗人、书画家。

冶城山北望

孔尚任

在山未觉山，宫阙连楼榭。
路出万木尖，人烟乃在下。
烟白木苍苍，长江此中泻。
客帆如浮云，帝城亦传舍。
每于凭眺时，旷然轻王霸。

△ 孔尚任（1648—1718） 清代诗人、戏曲家。

满江红·金陵怀古

郑燮

淮水东头，问夜月何时是了，空照彻飘零宫殿，凄凉华表。才子总缘杯酒误，英雄只向棋盘闹。问几家输局几家赢，都秋草。

流不断，长江淼；拔不倒，钟山峭。剩古碑荒冢，淡鸦残照。碧叶伤心亡国柳，红墙堕泪南朝庙。问孝陵松柏几多存，年年少。

△ 郑燮（1693—1765） 清代诗人、书画家，“扬州八怪”之首。

买陂塘（选一）

吴敬梓

癸丑二月，自全椒移家，寄居秦淮水亭，诸君子高宴，各赋“看新涨”二截见赠，余既依韵和之，复为诗余二阕，以志感焉。

石头城，寒潮来去，壮怀何处淘洗。酒旗摇飏神鸦散，休问猘儿狮子。南北史，有几许兴亡，转眼成虚垒。三山二水。想阅武堂前，临春阁畔，自古占佳丽。

人间世，只有繁花易委。关情固难自已。偶然买宅秦淮岸，殊觉胜于乡里。饥欲死，也不管，干时似淅矛头米。身将隐矣，召阮籍嵇康，披襟箕踞，把酒共沈醉。

△ 吴敬梓（1701—1754） 清代文学家。

幕府山

吴敬梓

五峰高以长，石洞带翠萝。
沙鸟烟中没，云帆天际过。
高才推管仲，重任拟萧何。
几时军府地，酣眠让达摩。

题燕子矶

爱新觉罗 · 弘历

当年闻说绕江澜，
撼地洪涛足下看。
却喜涨沙成绿野，
烟村耕凿久相安。

△ 爱新觉罗 · 弘历（1711—1799） 清朝第六位皇帝，入关之后的第四位，年号“乾隆”。

龙江关

周宝侠

关势接苍穹，登临四望空。
钟声何处寺，帆影大江风。
薄雾山腰白，斜阳鸟背红。
此身何处着，端在画图中。

△ 周宝侠（乾隆至道光年间） 清代画家、文学家。

江南吟（选一）

魏源

闸城门，闸城门，水西门截秦淮源。
江潮逆逼淮倒入，一丈二丈城全吞。
玄武湖高不得出，一闸难回万马奔。
千街万户波涛里，鱼鳖游灶鸡生垣。
半城窪室迁高原，水气蒸为云气昏。
一岁潦尚可，岁岁淹杀我，
六朝三国都江左，几见金陵之城水中坐。
噫嘻吁怪哉！
江洲日大，江面日寡，江底日高，江口不泻。
试登钟阜绝顶望长江，肯信长江天堑若弓蛇。
何处黄天荡，何处新林涯？
千里萩葭，百里桑麻，当年半是波臣家。
沧桑陵谷，是耶非耶？
治河尚可水攻沙，何策能使江流窪。

△ 魏源（1794—1857） 清代思想家、文学家。近代中国“睁眼看世界”的杰出代表。

黄天荡怀古

黄燮清

八千劲旅走熊罴，曾断金人十万师。
骢马宣威临战日，羯胡丧胆渡江时。
风鸣环佩军中鼓，谷暗云霞战士旗。
从古庸臣好和议，寒潮呜咽使人悲。

△ 黄燮清（1805—1864） 清代文学家。

无题（选一）

鲁迅

大江日夜向东流，
聚义群雄又远游。
六代绮罗成旧梦，
石头城上月如钩。

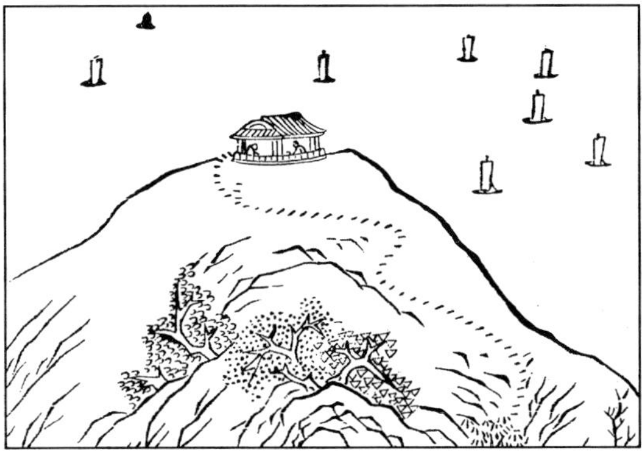

△ 鲁迅（1881—1936） 文学家、思想家、教育家，中国现代文学奠基人之一。

七律·人民解放军占领南京

毛泽东

钟山风雨起苍黄，百万雄师过大江。
虎踞龙盘今胜昔，天翻地覆慨而慷。
宜将剩勇追穷寇，不可沽名学霸王。
天若有情天亦老，人间正道是沧桑。

△ 毛泽东（1893—1976） 伟大的马克思主义者，无产阶级革命家、战略家和理论家，是马克思主义中国化的伟大开拓者。

隧道

韩东

我经常过江
每天至少两次
经过长长的隧道
我从不从跨江大桥上面走
那种穿越的感觉就像江在过我。
听不见头顶的江水声
但导航显示，此刻已到江心。
哪怕有一次隧道真的漏了
落下的也不是江水，而是沙子。
固体的细流，源源不断
沙漏一般
在隧道里积成一座尖锐的小山。
所有的车辆减速，拍照
然后争分夺秒。
一座隧道里特有的幽光中的沙山
我们把它的影像带了出来。

△ 韩东　诗人，鲁迅文学奖得主。

在三山古渡口怀李白

汗漫

三山依旧半落于青天外
长江依旧被白鹭洲中分复弥合。
不见李白，不见轻舟。
古渡口成为景点，像望远镜对准唐朝。

要有种种“依旧”，确证来历
免得一个人怀疑自我乃实验室合成物。
要有种种“不见”带来孤愁，
去维护人性之柔善。

热风拂浑茫，长江流今古。
癸卯夏，三山古渡口以半小时渡我——
到李白一般的青春少年里去
到李白一般的修辞与修远里去。

去、去、去，乘舟复转机——
转乘白鹭洲那一只白鹭、那一架飞机……
若我落地，必焕然一新。
若我不再落地，请仰望一朵白云。

△ 汗漫 作家，曾获“人民文学奖”“雨花文学奖”“扬子江诗学奖”等。

江豚记

姚辉

小江豚在骇浪里
寻找母亲

这么坚硬的浪　还刻着
巨轮抖颤的影迹
小江豚划动整条大江
它对母亲的呼唤
绵长而急切

那个无数次清点
江豚的人　也在替它
找寻着　承诺一样
温暖的母亲会在哪阵
涛声中出现?
小江豚想和谁一起
重复无数总在
汹涌的道路?

为江豚淌下热泪的人
又说起了
水与生命的故事

“长江江豚种群数量已
回升至1249头……”
这楷体的述说　遍布
波澜激荡的使命
与欣喜——

或许　应当把
小江豚的找寻路线刻成
某种职责指南　刻成
大江回溯时最为
深长的嘱托

江声浩荡　小江豚猛然
跃起　将满脸坚毅的
笑　奉献给所有珍藏着
母亲身影的水滴

△　姚辉　作家，贵州省作家协会副主席。

金陵四题

胡弦

登幕府山*

这是我常做的功课：沿一条小路上山。
小路蜿蜒，山道边的
几块巨石，似乎也有攀向山顶的愿望。
一路的树，有的我认识，有的
要到开花的时候我才认识。
不远处的消防水池，夏天时浑浊，秋天则清澈、透明，
像在折腾自己，又像在不断重新创造自己。
当我走上山顶，仰望天空，
仿佛我也像天空那样消散了，又像深存于
一个难以界定、但仍属于自我的范畴里。
俯瞰江水，仿佛我就是那流逝的江水，
或悬崖边这丛不知名、且从不曾被人注意的灌木。
这是我常做的功课，来到山顶，
看看各有其体的万物，看看仍无法确认的自己，
再顺着原路下山。这一次，
山道边的巨石，看似也有了下山的欲望，又被
一种比滚动更大的力量，固定在这里。

* 山在长江边，东晋时王导曾在山上设幕府，山因此而得名。

花事

江水像一个苦行者。
而梅树上，一根湿润的枝条，
钟情于你臂弯勾画的阴影。

灰色山峦是更早的时辰。
花朵醒来。石兽的脖子仿佛
变长了，
伸进春天，索要水。

江水

浑浊的江水　混浊　奔涌
它的躯体里从未埋藏过梦想
从未有一滴水为我们
开口说话

只有我们自身的血液
在苦苦滚动
只有无意义的到来和流逝
只有我们内心的大海接纳了
带着沙子　艰难水族　落日余光和夜之黑沉的
滔滔源头

江心洲

“我曾焦急、浑浊，不知所措……”

但漫长的耐心才能建造岛屿。
在那里，细沙从生命中漏下来，仿佛
我们一直拥有，却从不知该怎样
使用的爱。

“不能被理解。在那中心，
它也许忘记了自身的来历……”
已是在另外的生活中，小岛
像一把绿色的切刀，把滔滔江水
一剖为二。
当我们重新寻找自己，发现
压在心底的秘密，
早已被暴力洗劫一空。

——实际上，它可能由我们全部的爱
和错误构成，既不移动，也无言语，卡在
余生的入口。在它周围、
那被反复触摸的边缘，有什么
正在日夜滑向大海，仿佛
回忆般越来越远的手指？

△ 胡弦　诗人、散文家，《扬子江诗刊》主编，鲁迅文学奖得主。

三山矶怀旧

庞余亮

适合三个人各抱着一块石头怀旧，
他的山，他的江，他的树
长在很远很远的油印诗刊上。
每条船都驮着北方的煤
南方的窑火令童年的眼睛更亮
没有什么比得了斑驳的友谊。
谁是对岸的沙洲，
谁是上游的皖江，
谁是下游的扬子江
反正越来越宽阔
宽阔包括了所有的中年和停滞。
公园门口一道栏杆，像支弃了很久的毛笔。
被小雨打湿的沥青公路，
如磨好的墨水，你必须写下什么
就像到了三山古渡，
你必须渡，渡——
这郁葱和古寂。
喇叭里强调禁止捕鱼
那我也强调禁止说起采石矶和燕子矶。
他们是他们，我们是我们

△　庞余亮　作家，鲁迅文学奖得主。

燕子矶组章

陈先发

登南京燕子矶临江而作

下午四点多钟，登高俯瞰大江
今天是个细雨天
水和天
呈现统一又广漠的铅灰色
流逝一动不动
荒芜，是我唯一可以完整传承的东西

脚下山花欲燃，江上白鹭独翔
这荒芜，突然地有了刻度
它竟以一朵花的燃烧来深化自己……
江水的流逝一动不动
坐在山间石凳的，似是另一个我

诗人暮年，会成为全然忘我的动物
他将以更激烈的方式去理解历史
从荒芜中造出虚无的蝴蝶，并捕捉它

秋江帖

去年八月，江边废弃的小学
荒凉的味道那么好闻
野蒿壮如幼蟒
垃圾像兽类的残骸堆积
随手一拍，旧桌子便随着
浮尘掩面而起

窗外正是江水的一处大拐弯
落日充血的巨型圆盘
恰好嵌在了凹处
几根枯枝和
挖掘机长长黑臂探入盘内
——仿佛生来如此
我想，在世界任何一处
此景不复再现

阒寂如泥
涂了满面
但世界的冲动依然难以遏止：
灰鸥在江上俯冲
黑孩子用石块攻击我的窗户

孩子们为何总是不能击中?

他们那么接近我的原型

他们有更凶悍的部队和无限的石块

潜伏于江水深处

我知道数十年后

他们之中，定有一人将侵占

我此刻的位置

他将继承这个破损的窗口，继承窗外

又聋又哑的好世界

这独一无二的好世界

寒江帖

笔头烂去

谈什么万古愁

也不必谈什么峭壁的逻辑

都不如迎头一棒

我们渺小

但仍会战栗

这战栗穿过雪中城镇、松林、田埂一路绵延而来

这战栗让我们得以与江水并立

在大水上绘下往昔的雪山和狮子。在大水上
绘下今日的我们：
一群弃婴和
浪花一样无声卷起的舌头
在大水上胡乱写几个斗大字

随它散去
浩浩荡荡

夜雨诗

夜间下了场大雨
卧室里更加闷热
忍不住开窗，去触碰雨滴
此刻雨点仿佛来自史前
有种谦卑又难以描述的沁凉
这双手放在雨中
连同它做过的一切，就这么
静静地被理解、被接受、被稀释
池中荷叶一下子长大了
像深碧的环状入口卧在
水面，仿佛我们必须
从那儿远去……

△ 陈先发　当代代表性诗人之一，现任中国作家协会诗歌委员会副主任，安徽省文联主席。曾获鲁迅文学奖等奖项。

江边的清晨

李樯

空气新鲜，濡湿的路面
因为雨水变得柔软。
穿过漂浮着尘埃的闹市
在江边散步，直到太阳穿破
留守在天空的乌云。
安静如常，然后是
如常的担忧，当我在枝头
看见寒冬里破枝的叶芽。
它顺应了二十个回暖的天气
也得接受再次降温的现实
雨水、风雪、冰冻纷沓而至。
只有江水不舍昼夜
它从不留恋
岸边的桃花或莺啼。
幽闭的心涉过这流水
看向更宽广的江面。
没有汽笛暗示我应该回头
回到过往。
我将继续漫步，直到身影
消失在远处的那团江雾。

△ 李樯　诗人、小说家，《青春》杂志总编辑。

如果燕子矶是一只白鹤

霍俊明

时代交叠于一个又一个漩涡
一个个大词在渔人吊钩下
试探死亡的重量
黑夜中那些白鱼在大江中闪亮

一块石头一次次携带黑色的沉默
三面交给大水冲洗
一面留给不断崩塌的自我
石壁试图磨成镜子磨成隐者的骨架

这是未曾公开的秘密
石头是肉身
一次次被击碎
又一次次被唤醒

王谢屋空如夜的沙粒
黑衣燕子试图幻化成一只白鹤
需要茫茫夜色作为引线
飞翔就是一次次时间的爆破音

可它并不试图起飞
而是一次次把动作逼向极致

只是一次次把自己
站立成纯白的雕塑

羸弱的养鹤人需要独饮江水
观望江水的鹤正在一次次抽空自我
人们携带影子从中年走向暮晚
大江中的石矶只是在季节中变换了颜面

江北的运沙船低低压着水线
压着一九三七年冬天的无数亡灵
一切罪恶都不能被赦免
像一首黑色的诗蒙着无尽的沉哀

太阳照耀好人也照耀坏人
老旧的幕府山没有崭新的时日
那些铁桥时刻被江水敲击着脚踝
那只白鹤一次次脱下前世燕子的黑衣

总有一只手打开朝向江水的窗子
梅花一次次闪曳明灭
轻微的鼻息是瞬间的万古
那些生动的脸庞并非谜团本身

△ 霍俊明　诗人、批评家。《诗刊》副主编。

燕子矶头

峻源

每朵云都有自己的命运
当影子轻舞于江面之上
跳跃着的每朵浪花
仿佛也拥有了新生的灵魂

崎岖的思绪洞穿时空
随着江水拍击江岸
岸边苦楝树轻拥阳光随风摇摆
清影涂抹在背后的山石上

呜咽的江水也似在叹息
那时光离开得过于迅驰
想要寻找些旧事的影子
如同风包裹着希望
撞向裂开又弥合的虚无

不可解剖期冀
如同不能用某个词语
阐释忽然的天晴
和戛然而止的鸟鸣

独坐亭台
左听长江水，右揽幕府山
纵情天地间
何尝又不是被山水固囿

也许，往事只是影子的重叠
有一种情愫
只有倏然远去，方能抵达心头

△ 峻源　诗人。

心思渔者（组诗）

尚夏

月台印象

关于背影的印象
停留在笨拙的微胖
穿过铁轨，在简陋的月台间
不停搬运无言的父爱
火车早已停运，江风不寒
厚重的温暖越积越多
催生野草，染红秋叶

人们慕名而来，牵着小手
或者被大手牵着
揣着一份爱，解读，体味
与陈旧的拓影互相印证
回家时，牵着的手攥得更紧
身边的背影更加具体
更胖，或者更瘦

月台下，铁轨铺陈牵挂的针脚
迈过一节，又长出一节

阅江

需要一个高处，安放空旷的眼眸
以便承载历来勤劳的江水
还有江水背负的货轮，或者画舫

需要一片屋顶，遮挡风雨
庇护残破且坚硬的脊骨，以及
被风化后更加清晰的笑脸

于是，一座楼阁从虚无中具现
从时光河流的远端顺流而下
坐于乱石，改名换姓，是为阅江

如果只是翻看，正史或者传闻
血与火，笑与泪，苦难或者壮歌
都注定在荣枯之间消散

如果只是检阅，军容是否齐整
刀戈的目的，信念的根由
都要被浪花裹向标榜宽容的海

那么，加入成为一种必然愿望
只是雄鹰盘桓，江豚微笑

就连江风也不接纳异类，所以

只好选择谨守距离，以凝望陪伴
被凝望的方向，江水不语
低头织造单向的云锦

心思渔者

江水羡慕云朵的随性
于是沿着阳光向上
直到成为云朵，直到
被驱逐，被撕碎，被
肆意拼接成随性的样子

云朵惊讶于江水的执着
于是顺着引力向下
直到融入江水，直到
被裹挟，被稀释，被
执着暗礁撞碎一次又一次

而山不语，收集
云朵跟江水的小心思
藏进大地深处

作为燃料储藏起来
等待一个隐秘的信号

上一次地火忘情喷发
还是在上一次

△ 尚夏 青年诗人，毕业于南京大学文学院。

峭壁上的成人礼（外一首）

邹胜念

青春还未褪色，夕阳已覆盖江水
金色风吹来
十八岁的沉思者立于石燕之背
吟唱故人之语
脚下三面悬绝，白浪于眼球跳跃
梅花如垂钓者掌心的红饵，缀满石壁
少年，他锁眉吟唱，他的口鼻是拾音器
拾得一种险峻，置入笛腔，再缓缓吹出
诗者正拧紧一首诗的琴弦
当闻得此乐
所有因“煽情主义”而开出的苦之花
如枯龙鳞片，纷纷坠入江底
青春屹高处，青黑发丝游动成懵懂意志
低潮向远方，带走浮花与泡沫
峭壁之风吹来，没有一颗泪可完整
也没有一件歪衣冠不能扶正。不经意
成人礼已落成。学江豚隐匿，学桅杆挺拔
以江潮拍打之声作序，引得船舷响
绿叶响，古城响，万物响
青年，他于间奏沉默，随后喉结颤动：

"心无秘密，不喜耳语
我在洪水倾覆旧事前清空虚妄
弥散，开阔，我取江水洗净青春"

无法腐化的光——观浦口老站台

黄昏里，老站台很清朗
精纯的自由意志如花籽，馥郁待生
它颗粒般结晶成一种"出发"之美
升华在我们鼻腔与衣袖
吸引人体往远方倾斜
它似无法腐化的光
借助斑驳检票闸，影印出送别旧影
由此走出的游子，某些已在他乡为夫
另一些，兜兜转转，回到这儿眼里含泪
俯身触摸分离的锈迹，仍有余温
老站台缔造的尽头，现在看来
仍是一种迷雾状的存在
它难再轰鸣，却能继续勾勒梦想
旧轨道延至天际，牵出令人着迷的境地
那时，无尽的远与奔波
塑造出彩衣飘飘的人体之光
如今，那些非凡的自我，阔绰开上轿车后
却不愿追随远方。而是赶至此地

瞻仰单一的长方体之美。绿车窗
是梦里常有的惦念。此刻
我们驻足于轨道开端，是为实现古老的艺术闭环
还是为了落实一场梦的发生
废弃站台，已成为猫的庇护所
可它依旧有召唤远行的魔力
只是我们，不再为那远方的彩色着迷

△ 邹胜念　青年诗人，“青春文学奖”得主，出版诗集《捕捉神鸟》。

江边仪式

汗青

是否有种难以名状的冲击
如同遗忘
让土里埋了很深的陶罐
在岸边喘气

孤立惯了，就有了呼吸
任其吹嘘也不能长久

多少天过去，没说出一句话
山峰哑了嗓子，岸边的小号手
对自身的冷漠与自私感到焦虑

与青年作对的，是受过的教育
是他自己的根基

是否已经丢失了古老的记录习惯
趁着祭祀释放能量
即使仪式要做足

船只像一个陌生人那样
忌惮着所有人
学者面对碑文

没有兴趣做什么梳理

在沉静与封闭中看见了自身的缺陷
辛劳的工作与粗浅的研究
惶恐于，江水是否属于他的
研究范畴

面对一张浮肿的旧海报
青年提不起悲哀的兴趣
怪异的词汇，也无力从嘴边飘过

有人说，长江太长了，
可能是江边的人太久没有联系了
过去就变得不再重要
“前两年也算作了史前”

停住了思索，人也变得不重要
那神秘之水是为了什么而活
它自身的道理能否自圆其说？

春风在夜间是秋风
寒冷开始保持克制与延缓
青年没有家也没有亲人
据说这是强大而独立的象征
压力反馈出更萧瑟的钟鸣

如同煤和春夜，他的双手漆黑

江水也许能听清青年的转变
以及他弃唱的所有音调
最后的渴求，与先前的否定
撕裂出一个崩溃的巨婴

江边，一个教育家留下的碑
劝人冷静，进度显得过于缓慢
妄想的悲鸣常在
警醒我们
如杂乱草丛中的爆裂

中年就这么来了
幸存者的烙印常在

△ 汗青　高校教师，“青春文学奖”得主。

切面长江（外一首）

曹韵

书里读到的长江像一只猴子
从唐古拉山脉里跳出来
明明野性难驯，却被河道与省份
斩断为一节又一节的风土人情
每一节都与过去，恩断义绝

在安庆的这节，我从故乡跳出来
也被诸多的省份与曲折，斩断
一节又一节地在江底沉游，不见天日
再出头时，已是南京

在南京的这一节，想到
燕子矶上，有人写诗，有人走失
有人生着，死不得，有人赴死，不想了
历史更迭无序，诸多困境却别无二致地发生在每个人身上
没有任何偏待，你要做的是
五马渡江，一苇以航

直至在更远的某一节
跳出五行外，长江已成来路

俯视长江

从苍天的角度俯视
长江是一棵蜿蜒古老的树
一切生灵从生其下，万里之饶
诸多活着的内容
如时雨喋喋不休
迢行的草绿，马蹄的风
蹒跚的羊云，落日红
风飞的秋叶，臃肿的大雪
以及，星群衰老以后的目视
目视一只鸟，飞离故乡

△ 曹韵　青年诗人，已出版诗集《偷诗歌的人》等。

长江——我是你唯一的孩子

莫子白

长江，我的母亲
今夜我独自矗立于燕子矶之巅——御碑亭
蒙住我眼睛的，是你苍茫尽处的雪山
是岸边连绵不绝的绿树红花
然而，我的眸子却如此清澈和明亮
纵使纷乱的蜂蝶也无法遮蔽
五千年前的太阳
依然从你头顶升起

长江，我的母亲
今夜，我置身在这浩渺无垠的江面上
躲进一支渔歌向晚的怀抱中
你江心的渔舟，正轻舞着羽翼
你天空里的白头鹤，破云而出
似一道道洁白的流光
而我，是你趸船上孤影独立的孩子
低吟你沉默的波澜和沧桑

长江，我的母亲
今夜，我将在纸上用笔写下

一幕幕美丽而悠远的故事
多少勤劳的力夫，在余晖中挥舞坚硬的铁镐
把荒原变成草地，把林莽变成良田
把山川变成通途，把江河变成水利
我只赞美他们的双手
兼着战士的英勇，织匠的灵气
最终架起这块土地上
琥珀一样璀璨的文明

长江，我的母亲
愿我生生世世，都栖身于你膝下
做你通往码头的石梯
五千年前的信鸽，将为我们悠然降落
随之飘落的，还有春天的雨水
和作别江豚时那最后的泪滴
我将向你倾诉，樱桃般微小而难以实现的梦
也告诉你，那些依旧处在盎然生长中的城市
甚至，我曾将你比喻成一只蝴蝶
而我，就栖息在你宽阔的翅膀之上
如今已历经所有的风暴和潮汐

长江，我挚爱的母亲
我是你最深爱的孩子

曾迈进你古老而安谧的钟声里
从雪山之巅一路走到东海之滨
又从翩翩少年走至年华垂暮
然而，故乡始终在那里
——一朵红菊悄悄绽放的地方
你看那盛开的花苞
多么像少女轻盈飘逸的舞裙
一如你的容颜与那只桌上的青瓶
从不曾老去

△ 莫子白　青年诗人。

当长江沾了春天的墨

曹缦兮

春日蒙蒙雾气里
月亮从树的罅隙中探头
你划一叶扁舟
随长江飘荡

你身处中华文明的发源地
你看江水与高楼并立
你说五千年的历史传承至今
长江的水仍旧哺育着万千子民

你摇动船桨，逆流而上
至燕子矶头，水月皓白
这里有历代文人骚客，慕名而来
陶行知手书，有如春风化雨

至五马渡，为首一马化为龙
这里曾见证
西晋末年，南朝梁代
天下分合
一代又一代更迭

至南京长江大桥，有如巨龙横卧
这里曾见证
国人自强不息，团结一心
从贫穷走向复兴

至浦口码头，你心间一暖，有如万般光霞照
船坞轰鸣响起
你看到江岸两边万家灯火
一家五口其乐融融
这里是生活
见证烟火气息照亮角落

从江的这头到江的那头
仿若穿过了时间的隧道
你饱含热泪
忆漫漫长路
七十五周年的上下求索
已然绘就出繁华盛景
你说你酝酿已久
要写一首生生不息的诗

以雪为纸，枝丫为笔
不料冰雪早已消融
值此江与月亮，跌进星河

那光影交替处泛起你眼底温柔的波澜

以国为纸，以家为笔

少年以寸心寄华夏

以红星耀山谷

值此熠熠山河，盛世无疆

那抹中国红里载少年鸿鹄之志

以江为纸，浪花为笔

浪花淘尽英雄

你写江水汤汤，绵延万里

你写他们望灯火通明、时和年丰

亦然欣喜

诗已至此，一墨一笔

都将是不灭的传承

划扁舟至江心

缱绻风声里，那波澜壮阔的每一帧

都为锦绣山河献礼

△ 曹缦兮　散文诗作者，已出版《有计划地浪费一生》等。

登金陵凤凰台不至（外一首）

周自横

这马车一赶就是一千年，
对着门牌号，是这里么？
萧萧的落叶仿佛写着，
你来迟了。

不对，你不是没醒，
犹记你阔手一摆，
因为一艘船拒绝了一个江面，
刚把天子晾了三晚。

莫非想要抒情？
但，你不该来这，
来哪都好过金陵，
这里是诗家必争之地，
无情江口，有韵矶头。

不劝你的酒，
的确使人愁啊使人愁。
用典故的成了典故，
写春秋的成了春秋。

博物馆之夜·望长江鱼咏史

你向哪去，滔滔不绝的时间里，
你挣出，向哪而去。
又是谁不留你？
殿前，马上，还是他的肩头。

都不是，不留你的，
反而把你留给了更远的远方。
唯有命运，
你束手无策。

历史，从长安遥遥赶来，
将你擒获，
抹上尘，涂上釉，
蒙上大红的盖头，
再掀起，已是二十一世纪。

那猿声呢？那鹤唳呢？
怕火的就给他关进诗里，
怕冷的就给他扣在瓷上。
日复一日地兴尽悲来。

不成功便成仁，

但，我有一计，
还给诸位自由。

且随我来，
走廊尽头，美人冲锋去，
丹青里寂寞恁久，
正好用这不阿的锁眼，
练一练我拿手的秋波。

还有一段悠长的路，快，
就要被追上，
我来！壮士图一用，
谁一声大喝，
像当年拦住身后的江东。

就是现在，
端坐几千年等的不就是现在。
跑出去，跑出去，
连同一部分我，
不要被历史活捉。

△ 周自横　另有笔名惊竹桥，青年诗人，出版诗集《君不见》。

古诗篇

咏怀（选一）

阮籍

湛湛长江水，上有枫树林。
皋兰被径路，青骊逝骎骎。
远望令人悲，春气感我心。
三楚多秀士，朝云进荒淫。
朱华振芬芳，高蔡相追寻。
一为黄雀哀，涕下谁能禁？

△ 阮籍（210—263） 三国魏诗人，为竹林七贤之一。

渡瓜步江

骆宾王

捧檄辞幽径，鸣榔下贵洲。
惊涛疑跃马，积气似连牛。
月迥寒沙净，风急夜江秋。
不学浮云影，他乡空滞留。

△ 骆宾王（约 638—约 685） 唐代诗人，与王勃、杨炯、卢照邻并称“初唐四杰”。

山中

王勃

长江悲已滞，万里念将归。

况属高风晚，山山黄叶飞。

滕王阁

王勃

滕王高阁临江渚，佩玉鸣鸾罢歌舞。

画栋朝飞南浦云，珠帘暮捲西山雨。

闲云潭影日悠悠，物换星移几度秋。

阁中帝子今何在，槛外长江空自流。

△ 王勃（650—676） 唐代诗人，“初唐四杰”之一。

春江花月夜

张若虚

春江潮水连海平，海上明月共潮生。
滟滟随波千万里，何处春江无月明！
江流宛转绕芳甸，月照花林皆似霰。
空里流霜不觉飞，汀上白沙看不见。
江天一色无纤尘，皎皎空中孤月轮。
江畔何人初见月，江月何年初照人？
人生代代无穷已，江月年年望相似。
不知江月待何人，但见长江送流水。
白云一片去悠悠，青枫浦上不胜愁。
谁家今夜扁舟子，何处相思明月楼？
可怜楼上月徘徊，应照离人妆镜台。
玉户帘中卷不去，捣衣砧上拂还来。
此时相望不相闻，愿逐月华流照君。
鸿雁长飞光不度，鱼龙潜跃水成文。
昨夜闲潭梦落花，可怜春半不还家。
江水流春去欲尽，江潭落月复西斜。
斜月沈沈藏海雾，碣石潇湘无限路。
不知乘月几人归，落月摇情满江树。

△ 张若虚（约660—约720） 唐代诗人。

登荆州城望江

张九龄

东望何悠悠，西来昼夜流。

岁月既如此，为心那不愁。

△ 张九龄（673—740） 唐代政治家、文学家。

秋登兰山寄张五

孟浩然

北山白云里，隐者自怡悦。
相望试登高，心飞逐鸟灭。
愁因薄暮起，兴是清秋发。
时见归村人，沙行渡头歇。
天边树若荠，江畔舟如月。
何当载酒来，共醉重阳节。

△ 孟浩然（689—740） 唐代诗人，盛唐山水田园诗派的杰出代表，与王维齐名，并称“王孟”。

次北固山下

王湾

客路青山外，行舟绿水前。

潮平两岸阔，风正一帆悬。

海日生残夜，江春入旧年。

乡书何处达，归雁洛阳边。

△ 王湾 生卒年不详。唐代诗人。

卢溪主人

王昌龄

武陵溪口驻扁舟，
溪水随君向北流。
行到荆门上三峡，
莫将孤月对猿愁。

△ 王昌龄（约694—约756） 唐代诗人。工诗，时称“诗家天子”。

汉江临泛

王维

楚塞三湘接，荆门九派通。
江流天地外，山色有无中。
郡邑浮前浦，波澜动远空。
襄阳好风日，留醉与山翁。

△ 王维（701—761） 唐代诗人、画家，山水田园诗派的杰出代表。

送孟浩然之广陵

李白

故人西辞黄鹤楼，烟花三月下扬州。

孤帆远影碧空尽，唯见长江天际流。

早发白帝城

李白

朝辞白帝彩云间，千里江陵一日还。

两岸猿声啼不住，轻舟已过万重山。

黄鹤楼

崔颢

昔人已乘黄鹤去，此地空余黄鹤楼。

黄鹤一去不复返，白云千载空悠悠。

晴川历历汉阳树，芳草萋萋鹦鹉洲。

日暮乡关何处是，烟波江上使人愁。

江南曲（选一）

储光羲

日暮长江里，相邀归渡头。
落花如有意，来去逐船流。

△ 储光羲（约706—约762） 唐代诗人。

登高

杜甫

风急天高猿啸哀，渚清沙白鸟飞回。
无边落木萧萧下，不尽长江滚滚来。
万里悲秋常作客，百年多病独登台。
艰难苦恨繁霜鬓，潦倒新停浊酒杯。

秋兴（选一）

杜甫

玉露凋伤枫树林，巫山巫峡气萧森。
江间波浪兼天涌，塞上风云接地阴。
丛菊两开他日泪，孤舟一系故园心。
寒衣处处催刀尺，白帝城高急暮砧。

△ 杜甫（712—770） 唐代诗人，被誉为“诗圣”，其诗被誉为“诗史”，与李白并称“李杜”。

郡斋平望江山

岑参

水路东连楚，人烟北接巴。
山光围一郡，江月照千家。
庭树纯栽橘，园畦半种茶。
梦魂知忆处，无夜不京华。

△ 岑参（约 715—770） 唐代诗人，多写边塞风光，与高适齐名，并称“高岑”。

饯别王十一南游

刘长卿

望君烟水阔，挥手泪沾巾。

飞鸟没何处，青山空向人。

长江一帆远，落日五湖春。

谁见汀洲上，相思愁白蘋。

清江曲内一绝

崔峒

八月长江去浪平，
片帆一道带风轻。
极目不分天水色，
南山南是岳阳城。

△ 崔峒 生卒年不详，唐代诗人。

渔父歌

张志和

西塞山前白鹭飞，
桃花流水鳜鱼肥。
青箬笠，绿蓑衣，
斜风细雨不须归。

△ 张志和（约744—约773） 唐代诗人，善歌词，多写闲散生活，又能书画、击鼓、吹笛。

春别曲

张籍

长江春水绿堪染，

莲叶出水大如钱。

江头橘树君自种，

那不长系木兰船。

竹枝词

刘禹锡

杨柳青青江水平，
闻郎江上踏歌声。
东边日出西边雨，
道是无晴却有晴。

琵琶行 并序

白居易

元和十年，予左迁九江郡司马。明年秋，送客湓浦口，闻舟中夜弹琵琶者。听其音，铮铮然有京都声。问其人，本长安倡女，尝学琵琶于穆、曹二善才。年长色衰，委身为贾人妇。遂命酒，使快弹数曲。曲罢，悯默。自叙少小时欢乐事，今漂沦憔悴，转徙于江湖间。予出官二年，恬然自安；感斯人言，是夕始觉有迁谪意。因为长句，歌以赠之，凡六百一十六言，命曰《琵琶行》。

浔阳江头夜送客，枫叶荻花秋瑟瑟。
主人下马客在船，举酒欲饮无管弦。
醉不成欢惨将别，别时茫茫江浸月。
忽闻水上琵琶声，主人忘归客不发。
寻声暗问弹者谁，琵琶声停欲语迟。
移船相近邀相见，添酒回灯重开宴。
千呼万唤始出来，犹抱琵琶半遮面。
转轴拨弦三两声，未成曲调先有情。
弦弦掩抑声声思，似诉平生不得志。
低眉信手续续弹，说尽心中无限事。
轻拢慢撚抹复挑，初为霓裳后六幺。

大弦嘈嘈如急雨，小弦切切如私语。
嘈嘈切切错杂弹，大珠小珠落玉盘。
间关莺语花底滑，幽咽泉流冰下难。
冰泉冷涩弦凝绝，凝绝不通声暂歇。
别有幽愁暗恨生，此时无声胜有声。
银瓶乍破水浆迸，铁骑突出刀枪鸣。
曲终收拨当心画，四弦一声如裂帛。
东船西舫悄无言，唯见江心秋月白。
沈吟放拨插弦中，整顿衣裳起敛容。
自言本是京城女，家在虾蟆陵下住。
十三学得琵琶成，名属教坊第一部。
曲罢曾教善才伏，妆成每被秋娘妒。
五陵年少争缠头，一曲红绡不知数。
钿头云篦击节碎，血色罗裙翻酒污。
今年欢笑复明年，秋月春风等闲度。
弟走从军阿姨死，暮去朝来颜色故。
门前冷落鞍马稀，老大嫁作商人妇。
商人重利轻别离，前月浮梁买茶去。
去来江口守空船，绕船月明江水寒。
夜深忽梦少年事，梦啼妆泪红阑干。
我闻琵琶已叹息，又闻此语重唧唧。
同是天涯沦落人，相逢何必曾相识。
我从去年辞帝京，谪居卧病浔阳城。

浔阳地僻无音乐，终岁不闻丝竹声。
住近湓江地低湿，黄芦苦竹绕宅生。
其间旦暮闻何物，杜鹃啼血猿哀鸣。
春江花朝秋月夜，往往取酒还独倾。
岂无山歌与村笛，呕哑嘲哳难为听。
今夜闻君琵琶语，如听仙乐耳暂明。
莫辞更坐弹一曲，为君翻作琵琶行。
感我此言良久立，却坐促弦弦转急。
凄凄不似向前声，满座重闻皆掩泣。
座中泣下谁最多，江州司马青衫湿。

△ 白居易（772—846） 唐代诗人，与元稹共同倡导新乐府运动，世称“元白”。

题长江

贾岛

言心俱好静，廨署落晖空。
归吏封宵钥，行蛇入古桐。
长江频雨后，明月众星中。
若任迁人去，西溪与剡通。

△ 贾岛（779—843） 唐代诗人。与孟郊齐名，并称“郊岛”。

胡渭州

张祜

亭亭孤月照行舟，

寂寂长江万里流。

乡国不知何处是，

云山漫漫使人愁。

△ 张祜（约 785—约 849） 唐代诗人。

赤壁

杜牧

折戟沈沙铁未销，

自将磨洗认前朝。

东风不与周郎便，

铜雀春深锁二乔。

淮上与友人别

郑谷

扬子江头杨柳春，
杨花愁杀渡江人。
数声风笛离亭晚，
君向潇湘我向秦。

△ 郑谷（约 851 —约 910） 唐代诗人。

水阁晨起

寇准

板阁常晏眠，偶独起清旦。
月落檐鸟语，烟开客船散。
长江色自澄，汀树声空乱。
群动又复然，劳劳可长叹。

△ 寇准（962—1023） 北宋政治家、诗人。

吴中怀古

夏竦

览古长江上，明时起叹嗟。
水流吴国苑，花入野人家。
夜气销龙剑，秋星见客槎。
凄凉馆娃树，西日映平沙。

△ 夏竦（985—1051） 北宋诗人。

八声甘州

柳永

对潇潇、暮雨洒江天，一番洗清秋。渐霜风凄紧，关河冷落，残照当楼。是处红衰翠减，苒苒物华休。惟有长江水，无语东流。

不忍登高临远，望故乡渺邈，归思难收。叹年来踪迹，何事苦淹留。想佳人、妆楼颙望，误几回、天际识归舟。争知我、倚阑干处，正恁凝愁。

△ 柳永（约 987—约 1053） 北宋婉约派代表性词人。

宿甘露寺僧舍

曾公亮

枕中云气千峰近，
床底松声万壑哀。
要看银山拍天浪，
开窗放入大江来。

△ 曾公亮（999—1078） 北宋政治家、学者。

长江道中

吕陶

春昼长江道，行人倦阻长。

山花杂红白，垄麦半青黄。

滩外邮亭出，松间县舍藏。

簿书聊寓目，回辔已斜阳。

△ 吕陶（1027—1103） 北宋诗人。

念奴娇·赤壁怀古

苏轼

大江东去，浪淘尽、千古风流人物。故垒西边，人道是、三国周郎赤壁。乱石穿空，惊涛拍岸，卷起千堆雪。江山如画，一时多少豪杰。

遥想公瑾当年，小乔初嫁了，雄姿英发。羽扇纶巾，谈笑间、樯橹灰飞烟灭。故国神游，多情应笑我，早生华发。人间如梦，一樽还酹江月。

赤壁赋

苏轼

壬戌之秋，七月既望，苏子与客泛舟游于赤壁之下。清风徐来，水波不兴。举酒属客，诵明月之诗，歌窈窕之章。少焉，月出于东山之上，徘徊于斗牛之间。白露横江，水光接天。纵一苇之所如，凌万顷之茫然。浩浩乎如凭虚御风，而不知其所止；飘飘乎如遗世独立，羽化而登仙。

于是饮酒乐甚，扣舷而歌之。歌曰："桂棹兮兰桨，击空明兮溯流光。渺渺兮予怀，望美人兮天一方。"客有吹洞箫者，倚歌而和之。其声呜呜然，如怨如慕，如泣如诉，余音袅袅，不绝如缕。舞幽壑之潜蛟，泣孤舟之嫠妇。

苏子愀然，正襟危坐而问客曰："何为其然也？"客曰："'月明星稀，乌鹊南飞'，此非曹孟德之诗乎？西望夏口，东望武昌，山川相缪，郁乎苍苍，此非孟德之困于周郎者乎？方其破荆州，下江陵，顺流而东也，舳舻千里，旌旗蔽空，酾酒临江，横槊赋诗，固一世之雄也，而今安在哉？况吾与子渔樵于江渚之上，侣鱼虾而友麋鹿，驾一叶之扁舟，举匏尊以相属。寄蜉蝣于天地，渺沧海之一粟。哀吾生之须臾，羡长江之无穷。挟飞仙以遨游，抱明月而长终。知不可乎骤得，托遗响于悲风。”

苏子曰：“客亦知夫水与月乎？逝者如斯，而未尝往也；盈虚者如彼，而卒莫消长也。盖将自其变者而观之，而天地曾不能以一瞬；自其不变者而观之，则物与我皆无尽也，而又何羡乎！且夫天地之间，物各有主，苟非吾之所有，虽一毫而莫取。惟江上之清风，与山间之明月，耳得之而为声，目遇之而成色，取之无禁，用之不竭，是造物者之无尽藏也，而吾与子之所共食。”

客喜而笑，洗盏更酌。肴核既尽，杯盘狼籍。相与枕藉乎舟中，不知东方之既白。

后赤壁赋

苏轼

是岁十月之望，步自雪堂，将归于临皋。二客从予，过黄泥之坂。霜露既降，木叶尽脱。人影在地，仰见明月。顾而乐之，行歌相答。已而叹曰：“有客无酒，有酒无肴，月白风清，如此良夜何？”客曰：“今者薄暮，举网得鱼，巨口细鳞，状似松江之鲈，顾安所得酒乎？”归而谋诸妇。妇曰：“我有斗酒，藏之久矣，以待子不时之须。”于是携酒与鱼，复游于赤壁之下。江流有声，断岸千尺。山高月小，水落石出。曾日月之几何，而江山不可复识矣。予乃摄衣而上，履巉岩，披蒙茸，踞虎豹，登虬龙，攀栖鹘之危巢，俯冯夷之幽宫。盖二客不能从焉。划然长啸，草木震动。山鸣谷应，风起水涌。予亦悄然而悲，肃然而恐，凛乎其不可久留也。反而登舟，放乎中流，听其所止而休焉。时夜将半，四顾寂寥，适有孤鹤，横江东来，翅如车轮，玄裳缟衣，戛然长鸣，掠予舟而西也。须臾客去，予亦就睡。梦一道士，羽衣翩仙，过临皋之下，揖予而言曰：“赤壁之游乐乎？”问其姓名，俯而不答。呜呼噫嘻，我知之矣！畴昔之夜，飞鸣而过我者，非子也耶？道士顾笑，予亦惊悟。开户视之，不见其处。

卜算子

李之仪

我住长江头，君住长江尾。

日日思君不见君，共饮长江水。

此水几时休，此恨何时已。

只愿君心似我心，定不负相思意。

△ 李之仪（1038—1117） 北宋诗人。

登快阁

黄庭坚

痴儿了却公家事，快阁东西倚晚晴。
落木千山天远大，澄江一道月分明。
朱弦已为佳人绝，青眼聊因美酒横。
万里归船弄长笛，此心吾与白鸥盟。

△ 黄庭坚（1045—1105） 北宋诗人、书法家。其诗与苏轼齐名，并称“苏黄”，为江西诗派开山祖师。

望海楼

米芾

云间铁瓮近青天，缥缈飞楼百尺连。

三峡江声流笔底，六朝帆影落樽前。

几番画角催红日，无事沧州起白烟。

忽忆赏心何处是，春风秋月两茫然。

△ 米芾（1051—1109） 北宋书法家、画家。能诗文，善书画，书法与蔡襄、苏轼、黄庭坚合称“宋四家”，世称米南宫、米颠。

登梦野亭

张耒

危亭瞰云梦，眼界浩无边。
秋见长江路，晴宽七泽天。
永怀哀郢赋，谁吊独醒贤。
俯仰悲千古，披襟尚飒然。

△ 张耒（1054—1114） 北宋文学家。工诗赋散文，为“苏门四学士”之一。

送章使君守竟陵

周紫芝

长江尽此是吾州，君去长江更尽头。
短棹只添行客恨，清樽肯为故人留。
饱听梦泽洲前雨，却望苍龙阙角楼。
试问尺书何日到，会须红蓼白蘋洲。

雨后至江上有怀诸子

吕本中

落日满寒雨，长江收夕霏。
定知聊复尔，敢望不相违。
野鸟晴相唤，残萤晚自飞。
殷勤两山口，好为放朝晖。

△　吕本中（1084—1145）　宋代诗人。

渔家傲引（选一）

洪适

六月长江无暑气，怒涛漱壑侵沙觜。贴贴轻舟随浪起，何不畏，从来惯作风波计。

别溆藕花舒锦绮，采莲三五谁家子。问我买鱼相调戏，飘芰制，笑声咭咭花香里。

△ 洪适（1117—1184） 南宋金石学家、诗人、词人。与欧阳修、赵明诚并称宋代金石三大家。

三峡歌（选一）

陆游

十二巫山见九峰，
船头彩翠满秋空。
朝云暮雨浑虚语，
一夜猿啼明月中。

糖多令

刘过

安远楼小集，侑觞歌板之姬黄其姓者，乞词于龙洲道人，为赋此糖多令，同柳阜之、刘去非、石民瞻、周嘉仲、陈孟参、孟容，时八月五日也。

芦叶满汀洲，寒沙带浅流。二十年、重过南楼。柳下系舟犹未稳，能几日，又中秋。

黄鹤断矶头，故人今在不。旧江山、浑是新愁。欲买桂花同载酒，终不似，少年游。

△ 刘过（1154—1206） 南宋词人。终身未仕，与陆游、辛弃疾、陈亮等友善。

到鄂渚

戴复古

连宵歌舞醉东楼，不信樽前有别愁。
半夜月明何处笛，长江风送故人舟。
十年浪迹游淮甸，一枕高眠到鄂州。
明日拟苏堤上看，当春杨柳政风流。

△ 戴复古（1167—?） 南宋江湖派诗人，曾从陆游学诗。

水调歌头·焦山

吴潜

铁瓮古形势，相对立金焦。长江万里东注，晓吹捲惊涛。天际孤云来去，水际孤帆上下，天共水相邀。远岫忽明晦，好景画难描。

混隋陈，分宋魏，战孙曹。回头千载陈迹，痴绝倚亭皋。惟有汀边鸥鹭，不管人间兴废，一抹度青霄。安得身飞去，举手谢尘嚣。

△ 吴潜（1196—1262） 南宋词人，词风近辛弃疾。

双调·大德歌（选一）

关汉卿

雪粉华，舞梨花，再不见烟村四五家。密洒堪图画，看疏林噪晚鸦。黄芦掩映清江下，斜缆着钓鱼艖。

△ 关汉卿（约 1220—约 1300） 元代文学家，与马致远、白朴、郑光祖合称“元曲四大家”。

双调·沉醉东风·渔父

白朴

黄芦岸白蘋渡口，绿杨堤红蓼滩头。虽无刎颈交，却有忘机友。点秋江白鹭沙鸥。傲杀人间万户侯，不识字烟波钓叟。

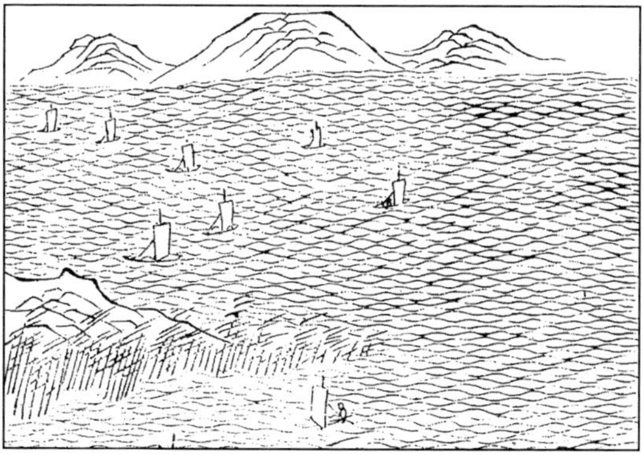

题黄冈寺次吴履斋韵

文天祥

长江几千里，万折必归东。
南浦惊新雁，庐山隔晚风。
人行荒树外，秋在断芜中。
何日洗兵马，车书四海同。

△ 文天祥（1236—1283） 南宋诗人。

双调·蟾宫曲·武昌怀古

卢挚

问黄鹤惊动白鸥。甚鹦鹉能言，埋恨芳洲。岁晚江空，云飞风起，兴满清秋。

有越女吴姬楚酒，莫虚负老子南楼。身世虚舟。千载悠悠，一笑休休。

△ 卢挚（约1243—约1315） 元初散曲大家。

双调·折桂令·题金山寺

赵禹圭

长江浩浩西来，水面云山，山上楼台。山水相辉，楼台相映，天与安排。诗句就云山动色，酒杯倾天地忘怀。醉眼睁开，遥望蓬莱：一半烟遮，一半云埋。

△ 赵禹圭 元人。

双调·新水令

马致远

正夕阳天阔暮江迷，倚晴空楚山叠翠。冰壶天上下，云锦树高低。谁倩王维，写愁入画图内。

△ 马致远（约1251—约1321） 元代文人，工曲，善作杂剧，“元曲四大家”之一。

双调·水仙子·咏江南

张养浩

一江烟水照晴岚，两岸人家接画檐。芰荷丛一段秋光淡。看沙鸥舞再三，卷香风十里珠帘。画船儿天边至，酒旗儿风外飐，爱杀江南。

△ 张养浩（1270—1329） 元代散曲家。

题龙阳县青草湖

唐珙

西风吹老洞庭波，
一夜湘君白发多。
醉后不知天在水，
满船清梦压星河。

△ 唐珙 元末明初诗人。

题秋江图

倪瓒

长江秋色渺无边，
鸿雁来时水拍天。
七十二湾明月夜，
荻花枫叶覆渔船。

△ 倪瓒（1301—1374） 元末明初画家、诗人。与黄公望、王蒙、吴镇并称“元四家”。

长江万里图

杨基

我家岷山更西住，正见岷江发源处。
三巴春霁雪初消，百折千回向东去。
江水东流万里长，人今漂泊尚他乡。
烟波草色时牵恨，风雨猿声欲断肠。

△ 杨基（1326—1378） 明代诗人。与高启、徐贲、张羽合称“吴中四杰”。

安庆道中（选一）

解缙

连日桐城阻去舟，
长江无奈拍天浮。
川灵解识朝天客，
数遣风涛着意留。

△ 解缙（1369—1415） 明代文学家。主持编纂《永乐大典》。

临江仙

杨慎

滚滚长江东逝水，浪花淘尽英雄。是非成败转头空。青山依旧在，几度夕阳红。

白发渔樵江渚上，惯看秋月春风。一壶浊酒喜相逢。古今多少事，都付笑谈中。

△ 杨慎（1488—1559） 明代文学家。

真州绝句（选一）

王士禛

江干多是钓人居，

柳陌菱塘一带疏。

好是日斜风定后，

半江红树卖鲈鱼。

△ 王士禛（1634—1711） 清代诗人。清初诗坛领袖，与朱彝尊并称“南朱北王”，论诗倡“神韵说”。

江行

黄景仁

江花江草故乡情，
两岸青山夹镜明。
一夜雨丝风片里，
轻舟已渡秣陵城。

△ 黄景仁（1749—1783） 清代诗人。与洪亮吉并称“二俊”。

新诗篇

河流（外一首）

吉狄马加

阿合诺依*——
你这深沉而黑色的河流
我们民族古老的语言
曾这样为你命名！

你从开始就有别于
这个世界其他的河流
你穿越我们永恒的故土
那高贵庄严的颜色
闪烁在流动着的水面

你流淌着
在我们传诵的史诗中
已经有数千年的历史
或许这个时间
还要更加久长

我们的祖先
曾在你的岸边憩息
是你那甘甜的乳汁

让他们遗忘了
漫长征途的艰辛，以及
徐徐来临的倦意
他们的脸庞，也曾被
你幽深的灵魂照亮

你奔腾不息
在那茫茫的群山和峡谷
那仁慈宽厚的声音
就如同一支歌谣
把我们忧郁的心抚慰
在渐渐熄灭的火塘旁
当我们沉沉地睡去
潜入无边的黑暗
只有你会浮现在梦中
那黑色孕育的光芒
将把我们所有的
苦难和不幸的记忆
都全部地一扫而空

阿合诺依——我还知道
只要有彝人生活的地方
就不会有人，不知晓

你这父亲般的名字
我们的诗歌，赞颂过
无数的河流
然而，对你的赞颂
却比它们更多！

* 阿合诺依 彝语的意思是黑色幽深的河流，这里即指中国西南部的金沙江，是作者故乡的一条大河。

献给这个世界的河流

我承认
我曾经歌颂过你
就如同我曾经歌颂过土地和生命
在这个世界上
不知有多少诗人和智者
用不同的文字赞美过你
因为你的存在
不知又有多少诗篇
成了人类的经典
诚然不是我第一个
把你喻为母亲
但是你的乳汁却千百年来
滋养着广袤的大地

以及在大地上生活着的人们
我承认
是你创造了最初的神话
是你用无形的手
在那金色的岸边开始了耕种
相信吧,人类所有的文明
都因为河流的养育
才充满了无限的生机
我们敬畏河流,那是因为河流是一种象征
它崇高的名字就像一部史诗
它真实地记录着人类历史的进步和苦难
我们向文明致敬
实际上就是在向那些伟大的河流致敬
是河流给了我们智慧
是河流传授给了我们不同种族的语言和文化
同样也是河流给了我们
千差万别的生活方式和信仰
我承认,河流!你的美丽曾经无与伦比
就像一个睡眠中的少女
当你走过梦幻般的田野
其实你已经把诗歌和爱情都给了我们
相信吧,在多少民族的心目中
你就是正义和自由的化身

你就是人类的良心和眼泪
你帮助过弱者,你给被压迫者以同情
你的每一罐圣水,沐浴的是人的灵魂
你给不幸的人们
馈赠的永远是生活的信心和勇气
我承认,人类对你的伤害是深重的
当我们望着断流的河岸
以及你那遭到污染的身躯
我们的忏悔充满着悲伤
相信吧，河流！我们向你保证
为了捍卫你的歌声和光荣
我们将不惜献出自己的生命
河流啊，人类永恒的母亲
让我们再一次回到你的怀中
让我们再一次呼唤你的尊严和名字吧!

△ 吉狄马加 诗人，中国作家协会诗歌委员会主任、中国作家协会原副主席。

问山问水

叶德庆

奉节城，春天来而未来
地球准备那么多的早晨做人类的盲盒
城门无门，诗风浩荡

万千铁锁不抵云雾一片。一个冬天
有的地方石头被江水掏空
有的地方江水被石头掏空

杜甫发现“不尽长江滚滚来”
再也没有找到一个更好的动词
奉节古城祭水之后，流水依然平凡

问山问水，别来无恙
有无来者向悬棺谢罪并归还兵书宝剑
有些风水不动为好

水底的秦砖汉瓦低过尘埃
但不可否认，那是故事的开头
在春天的必经之路，夔门是空的

我忙于在新和旧之间挑选一个字

仰望和俯身都是投向旧战场的注目礼

瞿塘峡的水每天都是新的

△ 叶德庆 诗人，中国作家协会会员。

长江从家门前流过（外一首）

涂拥

长江从你家门前流过
也从你身体流过
仿佛每天都有许多苦水
要随长江，倒入大海
坐在门前的祖父
曾被江风吹皱眉头
母亲倚着门框
眼角也常被江水打湿
长江滚滚而去
除了带上你，还带着泸州
穿三峡抵东海
故乡变得宽阔
即使看不到长江首尾
却总有几百米，停留你家门口
长江也从我家门前流过
哪怕醉中忘记你名字
我只要朝对岸喊——长江
浪花顿时起伏回应

长江鹅卵石

最先见到岩石，是在青藏高原
有棱有角
稍有风吹，便从冰雪突围
我在泸州再见时
它们已改名鹅卵石
激流的日子
激烈的冲撞与挣扎
从千军万马中杀出时
已经沉重光滑
尽管变形了
仍有不少状似老虎狮子
隐约看得出
当初一块岩石的理想
令人吃惊的是其中一枚
大家都说像涂拥
我也只好默认
只是石头变成鹅卵要千百万年
而我有活得太久的伤感

△ 涂拥　诗人，中国作家协会会员。

长江口（外一首）

龚璇

我，在南岸眺望。几声汽笛
炸开沉闷的江面。雀跃的浪花
迷恋无垠浩瀚。我，从茫然中回头
可以看到，失踪的天空，百舸争流的振奋

从三江源到吴淞口，一滴水
把雪峰，草甸，峡湾……酝酿的诗情
孤注一掷。迫切的心跳
追赶着海洋的行迹，让身体里的光
燃亮年轮的火花。因为奔放，因为自由
成为川流不息，不可缺少的壮阔

你，早已看尽水中的场景
夜幕下的暗礁，或风云中的漩涡
甚至电闪雷鸣的焦灼
但江水会歌唱，爱与被爱的感觉
一清二楚。纵情灿烂的可能
应该用生命去呐喊
惊呼，必然是一串亮灿的铮鸣

谁，还在刻意地试探
鸥鹭，或群鱼；船桅，或旗语
阳光之下，一切都是辉煌的源头
谁，会惋惜江海之间
突然咽绝的轻狂。我，不想错失
蜂拥的赞美，一波推进一波
如此自然，已非幻觉
更不是梦境的呓语

张家港湾

张家港湾，不平静的江涛
轰鸣着，向着大海
疾驰如马，奔腾不息

一朵浪花的梦境
向往奇思妙想的壮阔
它们不愿困于方寸之域
扼杀威仪的渴望

那些穿梭的巨轮，亢奋的鸣笛
早已练就真实的场景
塔吊，码头，厂房
奠定的视野基座

以一种坚定的目光
验证丰腴的激情
以及畅想的张力

给我力量吧
即使时光磨损的身体
暗伏疲倦。我，也不敢懈怠
浪迹天涯的肉身
埋下的一些欲火，从不示弱
饥渴之心
也不会随风老去

我，只想与时光同在
看一湾江水
如何突围？塑造自己的灵魂
探寻誓约之境

△ 龚璇　中国作家协会会员，中国诗歌学会理事。

一条江（外一首）

孙思

如果用一条江的长度
比喻对一个人的爱
要爱几世，三世够不够

上海经常下雨
如果能下场雪多好
像那年最大的一场雪
我一直在路上，有个人的牵挂
也在路上

每次经过长江
我都希望有一场雪，端坐江面
迎我前去，雪端坐的样子像他
外表有点凉、有点冷
内心是热的

江很长
这样的辽远，这样的气魄
跟他的气质也相似

至于江水
我不好比喻成他的泪

他这一生没掉过泪
仅为我，有过一次眼睛湿润

江的壮阔、沉稳、内敛
也像他，在心里我称他
父亲

所有的江，我都叫父亲
就像所有的海我都叫母亲
因为它们的深和无边

一艘船

停在江上，是准备远航
还是听江水唱晚

远方的远方，最远的北国和南国
那里有没有，开满百合的山谷
有没有捣衣人，和一弯新月

这个时候，那个捣衣女子
会令你想到什么，亲情还是爱情

如果是亲情
那捣衣声要响多久
才能绑住一颗游子的心

所怀有的虔诚
一场大雪能否藏得住
远行时，所有的告别
是不是都是苦涩

如果是爱情，她是不是
把你当一座村庄在等
春天等，夏天等，秋天还在等
等着你经过，等着在某个雷雨之夜
喊你的名字

并希望清晨醒来
在露珠般剔透的晨光里
隔着时空和遥远，与你
互道早安

这之后
除了她，除了捣衣声
除了万籁俱寂，还有什么

△ 孙思 诗人。

大雨滂沱时看大江

李云

大雨滂沱时看大江
不如说是看万马奔腾　不如
说看万箭穿心　浪花绽放

两岸大堤颤抖　它拉不住向东腾飞的巨兽
船舶如蚊　一切皆不可测定　水路迢迢
如我的掌握不住我掌纹里的命运

纤夫背影已湮没水底　号子绝尘
渡口杳无人烟　船倒扣在岸上喘息

万盏打碎　江面锦缎撕裂处埋着多少坠落的春雷
水下的白鳍豚和鲟在低低唇语
把古寺和塔的倒影嚼了又嚼　寡淡无味

众鸟栖息在矶头的丛林里
如剑的钢索斜拉桥横卧江上
湿漉漉的青山逶迤伴你前行
还有我湿漉漉的凝视你的眼睛

大江呀　你蹈海的步伐是否能停一停
请看一眼我的清泪里的你是否还年轻

△　李云　诗人，安徽省作家协会副主席。

大江（外一首）

中海

某日，雨不止。万马奔腾般
经过的江河，亮得出奇的江河
它们整体站立起来，高调悬于岸边
纵横的流水，在地图上
我仰望，看见线性的古典意义
一路任性的东逝水

当雨停止，当傍晚的牛停止
啜饮，牛眼中的暮色
在红色边缘升起，它觉得
朴素的月亮就要下水
牛眼中的深邃、明净与想象力
是非理性的蓝

（落日也从它的源头向下
从唐宋元明清的天空
落在民国的江河
最后在共和国的早晨升起）

而我的介入是意外，对视中

它显示出与生俱来的弹性
实际上，岸上的我是日出所致
大水经过，我忍不住灌溉
忍不住胸怀大志

江夜

大风吹的声音，也有它的四面
夜晚，也有可能不在夜晚
渔火停在那儿，以便江水濯洗
它更多的面

这是白天停留于夜晚的船
江水有更多的耐心折叠灯火
而波浪的弹性能否冲破
我们羞涩的一面

一一表白。我们用纪事体
游向同一面，灯火铺开的面
足够我们沉浮

某年某日，长江之上
有两个人用目光的手握着
心想：潜入渔火之下，还有
不为人知的面吗？

△ 中海　诗人。

在赤壁，看逝水如斯

毛子

江水历数着过往，但它倚重的江山
已经萎靡
我们抽烟、谈笑、合影
然后离去

然后，拖曳一条大水的虚无
埋首日常，埋首于
流水的重复性和空洞性……

△ 毛子 本名余庆，诗人。

在长江入海口

许军

水势急转直下。波澜迭起
一个浪头压抑、收敛不住
泛滥出巨大的激情

一股暗流。又一股暗流
于眼前剧烈涌动
冲击与崩溃之声不绝于耳
带给我莫名的兴奋与欢乐

开阔江面上。我先是惊讶
尔后不安
迎面而来一个陡起的急浪
高大。劈头盖脸

我根本躲避不及。在失声
喊叫中
一曲狂想最终完成！

△ 许军　诗人。

我见过黄鹤（外一首）

张执浩

现在轮到我讲述
这里曾经发生过
什么。轮到我
用朗诵腔赞美
那只并不存在的
大鸟：啊它高飞
又低回，一次次
掠过了汉阳树和
鹦鹉洲——从来都是
这样：我们活在低处
却轻易就拥有了
眺望的视觉，自以为
见多识广，一次次
化身为洒脱的辜负
啊　大江日夜流
回不去与归不得的
哀愁，从来都是
由空蒙的天际来传导
而我不过是在心底
悄然把方言兑换成了
一杯浓烈的和泪酒
——饮罢下扬州
千里不回头——

但听得一声长啸盘旋
在每一条出口的尽头
你挥一挥衣袖就接受了
越来越平缓浑浊的江流

最后的鸣笛

无限怀念江面上的鸣笛声
无比怀念我们在黑暗中
曾有过的十指紧扣。无所谓
上溯，或者随波逐流
那些幽暗的岁月像穿过指间的
江风呜咽着，而那些江鸥
则像你亲手折叠又撕碎的信笺
四处飞舞。我们在鸣笛声中
目睹过运煤船与挖沙船之间
优雅礼貌的谦让与重逢
夜幕沉沉，我们错过了彼此
那声长喟至今还盘旋
在我越来越低沉的胸腔
从不忍心发出到无力发出

△ 张执浩　武汉文学院院长，湖北省作家协会副主席，获鲁迅文学奖等奖项。

长江吟

应文浩

1

见龙在田

鳞光闪闪

油菜花翕动

2

无法见到

擎起的高

远去的长

仰头见到了千帆云

3

越来越插不上话了

马达滔滔不绝

鱼儿，越来越闹了

自己跳上了甲板

4

爱喊号子的老船工
不解月落当月出
却把楼宇当群帆

5

群鸟贴水翻飞
波浪，拔了一个层次
蔚蓝，近了

6

此岸，是彼岸
彼岸，是此岸
生命的愉悦如古老的江水

△ 应文浩　诗人。

阅兵台（外一首）

龚金明

台在堤上，阅兵的将领
已经返回长安

激昂的战士也了无踪迹
我斗胆登台，目光随波涛起伏
江水开始反推堤岸
展翅的江鸥和百舸
静止

惟江风依旧浩荡
这些从高原和朔漠吹来的风
让水反复拍打坡岸的砼柱
让我看到，风，与历史上和世间所有
阵亡者的亲人一样
也会捶胸顿足

那年，超强台风利奇马来袭
我一人站在江尾海头，但见阅兵台
遗世独立，恰似
一将功成万骨枯

在翻江倒海中，它仰天长啸，只身策马
把两条晃动的堤岸
牢牢摁住

古船

惊涛遥远，春风温柔。一条船
搁浅在眼前

有人叙述：所有的树都有一颗
流浪之心
就像有些灵魂，会借萤火虫
提着灯笼，飘出树林
有些树做成了船
就一定满载了树的灵魂

考证者说，这条船下过西洋
或者，运过漕粮
或者，鱼虾满舱。但其实
你很难在一条搁浅的古船那里
读出风浪
更不要说理解大海
这条率领树们流浪的船
现在枯槁，松动，桅杆倒伏

一言不发
我甚至怀疑，它有了重新
落地生根的想法

而我，亲眼所见的是——
一只蜘蛛，在它透风的船舱
悄悄织好了一张小网

△ 龚金明　中国诗歌学会会员，江苏省作家协会会员。

楚玛尔河：当我横穿你的冰凉

梅卓

楚玛尔河　当我横穿你的冰凉
尚不知来自天上的大水
在晶体中缓缓凝聚
看似沉默
却已经孕育着冲裂而出的呼啸

你是所有寒冷的总和
历经坚硬的冰川法则
却也无法抵挡融水的催促
从高处向下层层推衍
在低潮部分酝酿重生

仿佛能看到海洋的模样
仿佛执着溯源的激情
深藏于白银般耀眼的反光
让我们在太阳下紧闭双眼
仿佛一切瞬间成空

你当然也是所有岁月的总和
写在化石上的誓言

年年的寒冬都会如约而至
正如施舍给我们的善意
却使自己遍体鳞伤

绵长的河岸与大地合二为一
除了冰雪　空无一物
但只要打开暗流的朝向
就能听见数百种动物和飞禽
轰然而起的狂欢

大雪中你与神山相伴取暖
大雪中我也愿这样与你相伴取暖
每当液体冻结为水晶
必然复归天上
成为你指给我看的冬夜繁星

我们真的从未谋面?
从未经过同一个时空
从未在上升或下坠时擦肩而过
同一段旋律同一片风同一缕香气
也从未占据过片刻的晨光?

置疑是为了不断地肯定

正如纵横交错的血脉
最终连接成楚玛尔的扇形上游
红色的骨头浸透冰凉
但踩上去却很结实

刻在公园石板上的楚玛尔河
我们的冬靴曾在上面丈量
轻轻一步　就跨过前生今世
南方北方的界河
轻易移植到了青唐

而我仍然在意远方那条孤寂的河流
就像所有悲伤的总和
如何葆有温暖的内核
在尚未流露真情的杂日嘎那山下
在依然冰封的腊月怀里

△ 梅卓　藏族诗人，一级作家。

观江豚记

谷禾

大河拐大弯，浊浪反复回头，
过钟山、瓜州、京口，过金山禅寺，
于一水间，落日投下飞鸟的影子。
有寂寥扎根沙洲，生出苍苍蒹葭，
白头芦苇，解缆的船艇分开湍流，
有雾霭锁江，引颈者越过潮头望向大海，
另一些人目光朝下，找寻消失的江豚。
有确凿实证，禁渔三年后，其种群
终从减少转为加增。“它们都是我们
人类的朋友，只是一个游弋在水里，
另一个来到了陆地上，行走和生活……”
从电视上，我看到过江豚追逐鱼群，
它的分娩，出生，第一声啼哭，举家
迁徙，死亡的艰难告别，对人类的
友善和亲近，游出水面时的甜蜜微笑
（我在一刹那间喜欢上了它们）。
是的，为了活下去，江豚需要更好的水，
更安逸的生态，更丰沛的鱼群作为食物，
更多渔网被荒废，更多渔民洗脚上岸，
与世代相传的生活方式彻底告别。是的，

人类的朋友有活，才是世界更好的证词。
当江风吹拂黄昏，我们以船为陆，占据
故道和航道汇合处，望乌云低垂，堤岸
去远，大船往来匆忙，灰鸥掠过江心，
而鱼群汹涌，缤纷跃出水面（如花绽放）
我们又一次目睹了江豚们圣洁的身影，
这些微笑天使，江水的王者，翻腾，追击，
牵引着我们的目光、惊叹、奔走相庆！
我恍惚又看到了那些泪声哽咽的志愿者，
煎熬的渔民也渐渐舒展了眉头，我看到
航道上行进的大船也慢下来——为了
不惊扰它们，世界进入短暂的寂静
唯大水汤汤，流向我们的来处和去处。

△ 谷禾　诗人。

通天河

陈人杰

云朵不在人间
隐秘的渴望
蜿蜒在视网膜最深的边界

遥远之远
与取经人渐行渐近

众生所渡的生命之河
推送着正在来临的浪花
——这没完没了的现代性

一默如雷的诵经声
在体内共振，掀起的惊涛
带着湿漉的光焰
起万念于永生的神咒

亿万年的谜底
许多世纪烂掉，巨石老鼋
仍在等待泊向对岸的人
它的假寐，恍惚蓄满泪水

西风冷，已无面目可循

日子更加坚硬，呼应满目苍色

我来了，带着前世的雪花

羽翼般的幻觉无处安放

从雪域下坠的块垒上掠过

△ 陈人杰　诗人，鲁迅文学奖得主。西藏自治区政协常委、文联副主席。

长江的秋天

艾先

现在我已经开始喜欢上秋天了

沿街一溜的灯笼树

灯笼花开出桂花的香气

秋风吹荡，看见

万物脆弱且美

有空就陪我去江滩吧

芦花白了，江鸥来回地飞

鸟飞过后的弧线

让你的身体

觉得轻盈

△ 艾先　苗族诗人，《汉诗》编辑。

夜走浮沙圩湿地公园

梅亭

波斯菊等着马鞭草余芳燃尽
还有成片格桑花开出灿烂
荷叶刚刚漫过池塘便等待枯萎
如一群林鸟瞬间掠过水面

乌桕大道随彩虹路延伸蜿蜒
附和两边芦絮飞扬做出绽开的样子
浮沙圩的夜色归于安静
静得只是鸟鸣涟漪，此起彼伏

听江水拍岸，层叠过往船舶
江东灯火阑珊的繁华连接天际线
适合芦苇连着岸影衬托
观景台驻足，聆听风拂过声音

扶正一株倒伏行道的花茎
压实根基正好让自己放低心态
接通地气，与寒露特征对峙
大片粉黛乱子草染上红晕

△ 梅亭 中国诗歌学会会员、安徽省作家协会会员。

东荆河

黄沙子

我们沿着河岸朝下游前进
在夜晚到来时停住脚步
东荆河经由本地区的大部分乡镇
最终通往长江是我们早就知道的
据说陌生的人得以相遇
正有赖于两条河流的冲击
我们在此耕种多年
却从未一探究竟
有些地方河水湍急
那里堤岸也因此略高
有些地方河床很软
无法涉水而过，渡河的人要走很远
今天我们穿越的树林
几乎全部是水杉，它们
耐得住沙土也不惧怕下雨
当雨水大起来，河水变得凶猛
那低沉的轰隆声、喧哗的怒吼声
发了狂一般的撞击声
就会将整个汉河镇的人叫醒
这一切令人敬畏
无论是赖以生存的土地还是
对于被毁灭的恐惧

△ 黄沙子　诗人。

江源记

郭建强

太阳飞旋，后退
退出眼瞳，退出梦，退到牦牛浓黑犄角
退入丝绒幕布群星深处

群星后退，在后退中猛然反向喷涌
环形舞错动，变幻为海浪
隐秘的潮汐，闪动珊瑚红、松石绿

你听清融水从高处而来
那卵状的声音，牵扯悠长和凝缩，张力十足
在冰岩、耳鼓和未写之书的首页
嗒然碎裂：首尾连环，裁剪冰舌犹如火焰

格拉丹冬从天垂落
是一粒硕大的水珠
一粒粒硕大的水珠从天垂落
雪山挨着雪山，冰峰映澈冰峰

姜根迪如是硕大水珠口含的水珠
姜根迪如吐出一粒粒口含的水珠

同时凝固和消融——

正在走笔生的书写

冰塔丛林，可观大海

△ 郭建强　诗人，青海省作家协会副主席、西宁市作家协会主席、青海省文联文评中心主任。

看江水，还是看落日（外一首）

麦阁

终于站在这长江边
哦我看见了江水以及
那炫目的落日

金粉在水面的起伏
让我猜想
那落日一定是江水的知音

——此刻它们仿佛
在一起说着——颤动
滚滚流淌的不屈与古老悲悯

我忘了来时的目的
究竟是为看江水
还是——
为了看落日

夜长江上

顺着江水而行的轮船
自上而下
在看不见的坡度中微微晕眩

源自高原雪山的长江依着群山延绵
江水又一次照见古老星空
镇定，沉默

忽然想起被时间带走的童年
已是多么遥远啊
和其他的一些事物一样
都是不明下落

环绕在群山两岸间的长江
镇定，沉默
它不提问，也不作回答

△ 麦阁　20世纪70年代出生于江南宜兴，20世纪90年代初开始写诗歌与散文。

傍晚的歌声浮力最大

何冰凌

歌是河阳山歌
岛是双山岛
沿途景物适时起了雾气
见塔吊剪影便知船
已过江心
滩涂地阔大
螃蜞们爬出洞穴之天堂
燃烧，燃烧
来自浩荡的液态玻璃工厂
夕阳下，故事的胚胎正被
镀上彩釉

“麦过清明，大局已定”
这是长江的一条内江
古老航道旁
风中的马鞭草和芦苇
涌现更多断头
像虚拟的叙述线索

壬寅大旱
现在我看清了
你烧干的锅底

我所知道的落叶树
是黄栌
我所知道的鸟类
是白头鹎
在祈祷词的细雨中尝到
冰的舌头
究竟有没有一个旧江南可供人们寻找
仿佛为维持某种微妙的平衡
露水于草叶间滚动
更低的月亮打散在
机动船的阴影里

迎面一排白杨树
伤疤酷似人眼
——这世上悲伤的最小出海口
总能忍住泪水，听凭
傍晚的歌声浮力最大
沙洲晃动

△ 何冰凌 中国作家协会会员，文学创作一级。现供职于安徽省文联。

梦里水乡

晓松

清晨的江边。女人们挥动木槌
一起一落，敲醒晨曦的梦
它们错落有致，弹一首温馨的晨曲
喧哗的笑声里，男人的锄头
举得更高

大地。向长江两边推开雾幕
阳光漂白一种流动的语言
是从江心浮起的事物，慢慢接近
江中天门——小孤山顶
一片倒影，就是一个
晃动的春天

梦里水乡。我的诗歌怀孕了
水草上炊烟升起。水面一片开阔
流动的歌，起舞的木槌脆响
一望无际的水域，起伏的波澜
像在一本书里叠起
又展开

月光的背后。一些词语
漫出来，母亲的梦顺着流水
在江边盛开

△ 晓松　本名陈晓松。上海市作家协会会员、上海市写作学会会员。

浏河口（外一首）

乐琦

我和浏河口
并排坐着
远处，又一个太阳沉入江底
江风吹回的渔船
灯火一盏续过一盏
在桅杆拉出的黑线上打谱

吞下号子
吞下船队
吞下江海
浏河口没有一声呜咽
吐出一条长堤
用咸涩的诗韵吞下一个重音
起锚！

我们坐着，没动
岸线在延长
我想起一条回流的鱼
总会找到它的港岸

长江观潮

总想有一场说走就走的旅行
港口潮起潮落

秋天
也有春天一般的潮水
只是多愁
因为太念旧

我担心日子也像这长江
一眼望不到头
即使面对面
不相知，也不敢相认

浪翻过去
一个自己走向又一个自己

△ 乐琦　江苏省作家协会会员，长期从事文艺活动组织、策划工作。

江之阳

夕颜

说母亲河父亲河，都虚了
给路过酒城的长江什么样的词语，都不如这座
“水上的城”来得实在
离了江，这座城没有血液
离了城，这条江没有魂魄
踏古檐下的青石板
就号准了脉搏，这心跳
和两千年前一样有力
凝光门上的黄桷树，根披苔绿
跟老城墙一模一样，据说它的纹理
是彩蝶与枯叶
轮番绣成的
东门鼻息如风，对着长江
呼一口则春江水暖
吸一口则眉有千结
滨江路的盖碗茶，摆龙门阵
小叶榕听到胡子飘飘，还没听够
着白裙的报恩塔觑了鼓楼多年
傍晚时就一脸红霞
也许是日暮余晖，也许是风中酒香
两者没什么区别

△ 夕颜 本名陈艳秋，四川省作家协会会员。

南方之河（外一首）

育邦

经过半个世纪的跋涉
他才洞悉这条南方之河的秩序
事实上，他隶属于此
哪怕这是一场无缘无故的灾难

他拥有贫瘠，这是他的合法财富
他凝视它，有时也去岸边散步
它流动，区别于逝去的姿态
零落而下的诗行，隐匿着命运

一个笨拙的旅人
在无人走动的黄昏
凝视着沉默的世界
河岸与群山燃烧起来
那么美，那么亮

零度时刻，万物静滞
他领悟到生与死的极端荣光
——心灵的微弱脉动
如同这条河，从未睡去

江边

此岸是一个世界
我是此岸的一粒尘埃
彼岸是另一个世界
你是彼岸的一匹野马
我们相忘于江湖
相互成为对方的镜像
寒夜，使我们失语
并成为自我

每一刻逝去的江水永不掉头
不停地分蘖，繁衍
不停地死去，又不停地复活
他们的家族谱系与我们人类相似
既生生不息，又无足轻重
遗忘才是他们永恒的渴望

当我们成为两滴水
此岸与彼岸就同时消失
世界也只有一个
天地悠悠，镌刻在流水上的
是我们各自为政的自怜
以及溶解于时光中的虚无

△ 育邦　著有多部诗集，为当代中国“70后”代表诗人之一。

长江在上（外一首）

董洪良

站在长江大桥上溯游远望
远处的长江，总有一种奔腾而下
和高高在上的感觉
它不知疲倦地从上游源头俯冲而来
等到了泸州和我跟前
才逐渐慢下来，并不自觉地
悄声矮下去——
因为它在此遇到了沱江这条支流
只有顺势减速，挽个小结
而浪花只不过是长江临时雕刻的浮雕
有时冲一冲，就散了
尽管它奔腾的姿势不变
但大桥的身躯已明显高出江面
高过岸边楼群，甚至渐渐与远山齐平
我想：在长江之上
总有一座桥，会承受生命之重
而长江日夜不停地向前奔流
跑着跑着，就带出了沿岸的人
和他们各自的命运

长江边的纳溪

清晨，我穿过静谧的永宁河
来到纳溪，来到旧时的云上古寨
从花田酒地景区一直往上爬
直到爬上绿意的高山
看见油菜花抓住一缕风
摇晃，过滤，并递给这秀美山川
而远处的长江，载着船只
像载着最美乡村和振兴之梦一样
不断地奔涌向前
此刻，它似乎把倒影留给了朝霞
又似乎把画轴留给了
原野上的每一个驻足的过客——
这是乡村的另一种微响和秘密：
它正沉醉于别样的忙碌
和黄金水道上奔流的时代之美

△ 董洪良　中国作家协会会员。作品散见于《十月》《人民文学》《中国作家》《诗刊》等。

姜古迪如：一条大河的子宫*

陈劲松

这需要仰望的孤独
在 6542 米的高处
冰冷，耀眼
静默如谜

冰峰参差，冰川宽厚如温暖的子宫
高地之上，一条波澜壮阔的大河尚未开声
风一次次把亘古的静默打开，又一次次合上
它一遍遍诵读着高地漫长而辉煌的诗篇

星河照耀，清冷无声
凌空高蹈的言辞
有着壮阔而肃穆的神性
姜古迪如，净如处子

远远地仰望着它
即使用诗歌
也无法触摸到它的纯净
姜古迪如，沉默如斯
只把灯盏，一次次点亮

把一场场大风雪揽进怀中
之后用明媚写下大河之源
最初的，清亮的眸光
那条大河，在冰川滴下的一滴水珠上
探出了东向而行的
纤细的脚尖

* 姜古迪如冰川，又称姜古迪如雪山，位于唐古拉山脉格拉丹冬雪山（行政区划地图上在青海省唐古拉山乡境内南部）西南侧，海拔6 542米，长江正源沱沱河就发源于此。

△ 陈劲松　作家，中国作家协会会员，鲁迅文学院第39届中青年作家高研班学员。

长江第一湾

那萨

祖辈驯服野牦牛的第一个鼻环
春木收复野性后的最初句点

或珠牡王妃洗漱的金湖银湖松石湖边
遗落的一只金耳环

站在山的对面，河的对面
即自我的对面，排列山河与自我

避开神灵经过的垭口，在时间的关隘
古老是一个长长的弯道，压着飞石
也压着风吹鼓的影子

新栈道引来新的路人
清点对岸山丘上遍布的牦牛
一百、二百、三四百

圈在一个大鼻环里
吃草、嬉戏、繁衍后代

我们的影子在栈道外形成另一条栈道
不断地向时光的另一头延伸

△　那萨　藏族诗人。

致江水

宇轩

或许可以把两岸高楼从这首诗里屏蔽
游客那么多，还给岸边一棵树，一户人家足矣
天空下着雨，或内心十分晴朗
都丝毫不会增加这首诗的负担
我只是捧出汉语里这条江水
迂回、激烈和平缓属于它的腔调
浑黄是它的态度
剩下的交给舟船，箭矢一样射向我内心最为柔软的部分
那时老母亲在岸边朝我挥手
因其耳背，我也只是朝她挥手，未曾喊出——
再见了，妈妈。回去吧，妈妈
我们只有回家这一条路可走

△ 宇轩 中国作家协会会员。鲁迅文学院第45届高研班学员，安徽文学艺术院第六届签约作家。

江面上

李商雨

车驶上大桥的时候，
电台里在播放谈话节目
一个人正在说二十多年前他第一次
如何从二坝坐轮渡到江对岸的。
船底浪花翻白，天上
月亮在乌云里时隐时现。

今天我从桥上驶过，
下午的江面正在下雨，
雨线绵密而细长。
电台里的声音仿佛来自另一个时空。

电话响起，谈话结束，
我们一溜烟驶离大桥，
江面上留下一段心灵影像：
大雨的乌暗里，月亮
仍有自身的澄明。

△ 李商雨　写诗、小说，从事新诗理论研究。

沱沱河，我遇见一位母亲

陈跃军

一位母亲，在沱沱河边
她一手牵着昆仑，一手牵着唐古拉
看着远去的孩子们
牵挂被拉得很长很长
每一滴水里都装满了思念

一路向东，像一只只藏羚羊
奔跑在辽阔的草原上
徜徉在蓝天白云下
把几千里的河山和无数颗心
紧紧连在了一起

当所有的繁华退去
母亲傻傻地站着
大风吹乱了她的白发
她喃喃自语地重复着一句话
你们什么时候回家
世界和家一样是空的

△ 陈跃军　中国作家协会会员，获西藏新世纪文学奖。

泊湖

子范

那些，从长江延伸到泊湖里
神秘莫测的密码
来自大雁抒情的排列，野鸭子自由的低吟
还有美丽的鱼儿
吐出的一串串瞬息破灭的泡泡
而它们，日夜为你而打开

可我，只是个幼稚的不速之客
我在这里喝酒，写诗
并且愿意，与一切蝇虫为伍
但它们吸我的血
我多不容易呀！我告别一座山
走向一片水——长江
为了思念或忘记，一些命中注定的人

我拖着疲惫的躯体，在日落之前
擦干眼泪，捡拾足够多的柴火
等夜晚来临的时候
燃起一堆孤独的火焰，也不知道能不能
烘干，这些年，内心的潮湿……

△ 子范　诗人，教育工作者。

人世回荡，人

吴小虫

渺小的含义，或许是距离
天上星星冷眼
热肠亦在奔腾江水

我想起那年冬天，和几个朋友
在嘉陵江边，瑟缩着
整个河床裸露了出来

没有直接返回，水边的岩石
虽然被磨平，光滑
死，也是质地坚硬的暮色

立于其上，站立良久
负担着同样低缓
而热望，正从雪山向上堆积

擅长于戏谑、同样的流淌
一个朋友正是洞见
“江水永不改其容色”

△ 吴小虫　中国作家协会会员、巴金文学院签约作家。

在合江楼——致毛子

林东林

我们走着走着，就没话说了

江水流着流着，就变成了湖水

我不说话，像清江；你也不说话，像长江

合江楼是一座猩红色的纪念碑。我们沉默

运沙船的突突声，加重了我们的沉默

△ 林东林　诗人、小说家。武汉文学院首届签约专业作家，《汉诗》主编助理。

在江尾海头

余冰燕

我确信此刻
江水离我越来越近
轮船在迷雾中缓缓航行
汽笛声晃动着祖先的脚印

一些小径已经消失了
一些雨水，仍悬挂于子胥亭
鹅鼻洞穿过我，坠向岸边的风景
具体到青嫩叶子的咳嗽声

在江尾海头，没有栈道可被创造
没有人，能被往来的船只寻找
任何亲近江水的人
都必将迷失在脚下的孤岛
那里，寂静与爱
熊熊燃烧

△ 余冰燕　硕士毕业于南京大学。作品散见《诗刊》等刊物。

大雪小令

萧长风

大雪接受神谕
我沿长江行走
雪花掩埋旅途中的村庄
让我们就这样沉默前行

大雪洒满树林，荒原，工厂
无数个电线杆子翘起尾巴
灯光一盏盏迎风点亮
天已从黄昏向黑夜过渡

大雪就落在心上
深夜活葬了大地的爱恋
我与大雪互相凝视，仰望
却始终没说出，一个季节的谎言

△ 萧长风 原名杜天佑，中国诗歌学会会员。

在长江边

黄明洋

闲时。阳光裸着身子在滩涂上奔跑
火红的面颊，把你的钥匙扣埋了进去
错过的鲜花店。玫瑰、白百合、郁金香
以及满天星，躺在江水怀里的轮廓

流水汤汤，我看见你的手指
在黄昏的缝隙中，打捞出朝天门的皮肤
让我想起了忧伤的船长，蓝色水面上晃动的船只
成为一个缺口，被水鸟衔在嘴上
炫耀大海流动的波浪。你能去，我也能去

码头上挂着的锁链，亲吻时的那一刻
抱紧是一朵浪花，在极端中溺水者变成负数

△ 黄明洋　就读于香港都会大学。

逝水

汪艺

振风塔，一只缄默的颀长瓶子

未被拧开。

面朝东流之水
逝去的——显现完整。

那时你因幼小而缺失重力。
脑袋。发黑的堤岸上空，孤悬的
热气球粉碎

装满三种原始事件：弄脏她波点裙摆的
烦闷。听迎江寺钟声与吞吃泥沙的畏惧
最后在塔顶窥视月光，你的心神
一下就散了。

春天　旧影集人影陆离
在你的形象思维里

“小孤山”，也只是一个略带冷清的弧形地名。

哦，年轻的夜色

直面逝水，你竟喊不出长江……长江和

“母亲”。

△ 汪艺　中国诗歌学会会员，安徽省作家协会会员。

嘉陵江观记

吉克有古

从遂宁至南充，充斥着赤峰峡林
高耸入云却狂龙生风
我们在南充参悟嘉陵江拾来的书信
还有海鸥磨脚的石头，贝壳形状的屋
在岸上，我们观察着白云的流动
伸出食指进行入座，试图改变方向
再拔出水中央的大桥。于是，嘉陵江无阻
也未有可阻挡之物，强行进行分支
渔船、池中之鱼、象群也在隔岸观火
像一只虎鹰正等待猎物上钩，捕捉
而我如虚实，与另一个我置换身节
然后，深入青草地采摘蝴蝶兰花
吸收饱香，亲吻桂湖嘴唇
直至夜色潜入江面蛰伏
万家灯火闪亮，嘉陵江开始涨潮回落
抖动月光与我们身后的影像
拾起江风与盐渍的左耳环
当星星在具体与抽象间流动的时候

△ 吉克有古　就读于四川师范大学。

三峡

李春树

抄一条近路，杜甫从嘉陵江峡穿过了巫峡
又从襄阳奔向洛阳。同样是春天
四年前，李白朝发白帝，暮到江陵。
往返宦海的路，就那么几条。
这条老路，除了他们，还有不少人走过
但刘备却走得异常艰辛，乃至在永安宫中
托孤。乃至猿啼了几声泪已数行
乃至高适一首诗就要赠送两人。
巴山秋雨不停，下游暴涨
沧江横流，滟滪难明
李商隐正走在从巴山回家的路上

△ 李春树　就读于北京中医药大学。

江水里，粘着我的守候

袁丹

车快行至长江边，我突然惊醒
在城市之外，一张红色名片尘封在这里
它在等待绽放，我们下沉的大片故事

往长江源头走，河岸旁浅草昂头
像长时间乌云笼罩下重见光芒的种植者
奔跑着，为驻足者敲响警钟

稻田，在八月鞭打过的牧歌里爬
又随机，揭下老树的新茧
演播一份彩色的青春

你是否看穿了这里的故事
相片横穿手机，用石子的呜咽
抵抗空旷，如抵抗褶皱的一生

我握紧江水，采集来自语言的思想
灵感在此刻化为水分为盛夏蒸腾
这是正午时分，我在现代化里睡去
在大自然中醒来

△ 袁丹 就读于安徽师范大学。

代刘君禹锡书

萧子

嘉陵江，你是长江的手臂
也是我柔软的鬓发，一缕缕
像波纹，在时间的镜面悠悠晕开
来听一听巴山脚下传来的民歌吧
我的心，停泊在这热闹的码头
仿佛空空的小舟，一谈到归期
这雨就大了，它为我披上绿萝
也为我打起节拍，我的酒杯
暂且搁置在这昏黄的书台
多少年了，我的日子依然陈旧着
这里何尝不是我的故乡？
静静的夜晚，它正诉说巴山的哀伤
诉说向东流的疲惫，诉说春天
我停留匆匆的脚步，山花烂漫
我写下心事，用临近的山头作枕
这条沉默的江流则为卧榻

△ 萧子　本名肖柴胡，就读于四川农业大学。

数梭鱼草

韩卓颖

我们坐拥江水的步调
拍打蔚蓝的心脏
桥下穿行过汽笛声
而耳蜗贮藏谣曲
当白鳍豚一跃而起
瞬息间梭织奔流而过的可能
此刻，重新注释江水
自初以来的多义性
慈柔地反刍，归家路上
我们沿江边数吹散的风
就这样把梭鱼草数蓝了

△ 韩卓颖 就读于丽水学院。

我坐在江岸或微皱的时间中

陈贤猛

依旧是古老的流水
滑过。那些脸庞在水中拭去
如此稀松，陈旧
而没有轨迹。我仍深爱
落花和漂水的石子
那隐没令人着迷。薄暮迫近
的确，我早已习惯
独自在江边垂钓一抹雾色
微皱的时间从江面张开
宁静如芦苇，一次次将我掩埋在
吹拂与凌乱中。夕阳下的
火车，村庄和白杨林
缓缓带动某种情绪。所见渐趋稀疏
我在沉淀后的水中几近透明
寂静一直穿梭。江面笛声将远
一条鱼就此隐入某种幸福
我用手，在水中划开一道纯澈
一些荡漾来自树木和天空
一只船从彼岸出发
笨拙地，爱着亘古那些湛蓝

△ 陈贤猛　就读于盐城师范学院。

回到长江

郭忠实

大雨滂沱，暮色渐深。那个低语的人
又从城市回到了长江。拿出在行囊里
搁置已久的网，网住河里的鱼和
这场经久不息的雨季。我竖起耳朵
听着陌生的乡音，和理想的残梦
坐在石椅上的老人告诉我：归来
是一种新的存在方式。我甘愿信奉为
真理，即使尚未经过深思后的考量

晚归的人戴上草帽，披着蓑衣
在乌云密布的麦田，用粗糙的手掌
抓住太阳、炊烟、粮食、泥土
飞鸟的影子，还有诗的灵魂

夜晚的月光，依旧照在大槐树的
树影上。就像二十年前的长江
永远都会在我的心头停泊

△ 郭忠实　就读于桂林学院。

沙洲与西瓜

徐语熙

那晚江面出现一个沙洲，小而黄，像
鱼换气时露出额头。对孩子而言
叵测等于有趣，约等于刺激，唯独不等于
危险。越过急流，被鱼吃掉或打个半死
只为刨几个洞，再在身上沾满沙子

较为年长的哥哥把西瓜绑在身上泅水
我们野餐。他拍着翠绿的外皮宣布
发出一连串夏天的声音，把红色刨成白色
一个想法击中我，可以在这里种西瓜！
在沙粒上寻觅瓜子儿，声讨直接吞下的人

也许沙洲是长江营养的富余。白天江水开始
微寒时，西瓜已经膨胀得像模像样
我们像疯狂的猎犬，在岛上狩猎一根杂草
或一只害虫。但看瓜人也是偷瓜人
大多数未长熟的期盼被囫囵吞下

等到冬风吹进每一滴江水，我寒假回家
一场或很多场洪水推平了沙洲
刺骨的水绕开脚踝逃窜，我深信某道水波下
仍埋着一个硕大的墨绿色椭圆，切开它
馥郁的夏天便溢满整条长江

△ 徐语熙 本名龙梓宇，就读于吉林大学珠海学院（现珠海科技学院）。

在长江的尽头

月休铭

它舍去了姓名从而获得长久归属
分明还在汹涌着，却平静广袤
澎湃的余光在浅滩聚拢
水鸟是不必矫饰的诗，断行
在海平面彻底拼接夜幕前
我无数次在心里抚摸
由高原草甸编织的锦缎，山林蜡染
纹样被四季熨平收入河道
由海洋亲自拆开这份陆地的
温柔。鱼群像络子兜起逸散时光
江面被流云勾扯出瑕疵
长江的尽头，安详替代涟漪
未见远处汽笛声惊扰诗意
芦苇在晚风中低垂眸光
借星光缝补静谧，蜷曲的沙砾
睁眼看见黎明
拂去江水千里迢迢的尘埃

△ 月休铭　本名哈玉龙，就读于兰州财经大学。

后记

“诗言志，歌咏言。”诗歌是中华文明的重要组成部分，也是中华文化的瑰宝和精髓，渗透到文化和生活的方方面面。从《诗经》到唐诗宋词，再到元曲和明清诗歌、现代诗歌，诗歌的形式和风格随着历史的发展而演变，但其在中国文化中的重要地位始终未变。作为长江沿岸的重要城市，长江造就了南京山水城林的城市格局，滋养了从天下文枢到“世界文学之都”的千年文脉。

继2023年成功举办“大美长江翰墨情——长江流域百名书法名家邀请展”后，南京市今年重点打造“大美长江诗意浓——古今诗词颂”活动。充分利用好长江的资源禀赋，保护、传承、弘扬长江文化，打造独具特色、影响力强的文旅活动品牌，助力南京“世界文学之都”建设，为热爱诗歌创作的青年人提供展示的舞台。

活动围绕“诗歌和长江”，组织创作采风，开展“诗歌里的长江”分享活动，以“长江历代诗词”为主题进行作品征集、整理、编著、出版。多纬度、多层次、全方位展现长江文化，讴歌新时代，书写长江璀璨的文明。

中国作协原副主席吉狄马加说：“中国历代的重要诗人，基本上都与长江发生过密切联系。”《大美长江诗意浓——古今诗词精编》收录198首诗歌作品，其中既有古代文人创作的长江相关的经典名篇，又有当代诗人的采风作品，也有面向全国的诗人征集的长江主题诗歌。与此同时，还从《青春》杂志社主办的“长江·大学生之歌”主题征稿活动中选择了部分优秀作品收入其中。

从体例上来说，全书分“南京篇”“古诗篇”“新诗篇”三个部分，聚焦在长江、南京、文学之都、诗歌。通过和市民、读者的互动，召唤新时代的长江活力和文学之都的榜样力量，进一步推动南京“世界文学之都“建设、展现大美南京形象。

长江造就了从巴山蜀水到江南水乡的千年文脉，是中华民族的代表性符号和中华文明的标志性象征，是涵养社会主义核心价值观的重要源泉。《大美长江诗意浓——古今诗词精编》一书的顺利出版，在长江的历史上是一瞬，却在南京“世界文学之都”建设和南京文旅工作中留下了浓墨重彩的一笔。

本书的顺利出版离不开全国各地诗人、青年作家、学者的参与、支持，借此一并感谢。

编 者